私生

梅洛琳 著

伸出手指試圖觸碰對方，卻如墜萬里迷霧，頃刻間消失殆盡。
每一次的機緣，每一次的默契，以爲朝彼此前進了一點點，
然而四周數不盡的荊棘與險阻，正悄無聲息將他們吞噬，
演藝圈之亂、狗仔追逐戰，一切皆指向了一段塵封已久的往事——

目錄

目錄

楔子

「堂哥，你到底可不可以帶我進演藝圈？好不好？好不好嘛？」少女跟前跟後、死纏爛打，緊緊跟隨在她堂哥身邊，不斷地哀求著。

咦？她的這個堂哥……怎麼好像有點眼熟？

啊！這不是名聞國際、炙手可熱，威名如日中天，打個噴嚏會嚇壞一票美少女的團體T4的其中一員——黎碩庭嗎？

「進演藝圈？妳瘋了？」黎碩庭不可置信的看著她這個小堂妹。雖然說他這個堂妹有上螢幕的本錢，皮膚白皙、眼神明亮，五官也相當搶眼，不論是隨手照還是三連拍、五連拍，都十分上相，尤其那紅灩灩的小嘴嘟起來時，更引人遐想，但是——

「妳不要為了個張仲倫，就要進演藝圈！」黎碩庭點破她的目的。

「不進演藝圈，他就沒辦法認識我了嘛！」少女理直氣壯。

「妳神經病呀！妳喜歡他，把他當偶像崇拜也就算了，還想要進什麼演藝圈？要是每個人都要為了偶像成為明星，演藝圈早就被擠爆了！」黎碩庭想要喚醒她，奈何少女不為所動。

「你到底要不要幫我嘛？」少女撒嬌的道，她知道他這個堂哥最吃這一套，喜歡女人的狐媚，不過她忘了一件事……

「不要！」

他們可是有血緣關係，少女的撒嬌在黎碩庭身上無效！

「拜託嘛！」少女不死心。

「不行！我又不是瘋了，帶妳進演藝圈……妳以為演藝圈那麼好混嗎？」黎碩庭上上下下打量著他的堂妹，一副嬌滴滴的千金小姐模樣，怎麼耐得起被操？光鮮亮麗的背後，是要付出心力和汗水的。

有時候，付出還不一定會得到相應的回報。

「說來說去，你就是不幫我？」少女也有點動怒了。

「對！」開玩笑，演藝圈是什麼地方？就算他可以帶她進來，但裡頭的是非之多，還有那些虎狼之輩……這個小堂妹進來，不變成男性垂涎的目標才怪。

「你……」

少女快氣死了，任憑她好說歹說，從有口水說到沒口水，沒口水再說到嘴巴都快破了，她這個堂哥還是不幫她一把。

既然如此，她就要讓他看看什麼叫做少女的力量！

楔子

黎貝嘉緊握拳頭，暗暗發誓，她不要靠別人，她要憑著自己闖進演藝圈，追尋她那遙遠的目標。

第一章

黎貝嘉坐在淘汰區，神情相當沮喪，她緊捏著自己的雙手，不明白自己為何落選。

真的——輸了？

她茫然地看著看著臺上得獎的歌手，個個興奮得激動落淚，並且開心地從主持人手中接過獎金和獎盃，她的心一片悵然。

她到底要到什麼時候才能進入演藝圈，完成她的夢想？

這不是她唯一的比賽，而是數也數不清的各種比賽之一，經歷過大大小小的歌唱新秀選拔賽，她的臺風穩健，歌唱技巧也相當臻熟，欠缺的只是一個機會而已。

在這個電視臺舉辦的歌唱比賽，贏了就可以直接和唱片公司簽約，也就可以完成她一圓星夢的美夢。

但是她——落選了。

哎……

比賽結束了，眾人忙著向得獎的歌手道賀，而幾臺攝影機則拍攝著淘汰者的身影，黎貝嘉不想被拍到，她迅速離開了電視臺，拋開了攝影機，並且從側門離開。

外頭，正淅淅瀝瀝地下著小雨。

「鈴鈴……」

她的手機響起，黎貝嘉也沒看是誰打來的，逕自接了起來。

「喂？」

「比賽結束了。」是黎碩庭的聲音。

「對，你怎麼知道？」

「這是現場 LIVE 秀，明天中午還會重播。」不過他不是打電話來跟她討論這個的。「我不是跟妳說過了嗎？妳不用再白費工夫了。」

「你不會懂的啦！」黎貝嘉大聲道，鼻子有點紅紅的。

「問題是妳參加那麼多比賽有什麼用？如果妳只是去玩玩，磨練磨練自己，倒也無可厚非——但是妳的動機不純！以為參加幾場歌唱比賽就可以進入演藝圈的話，未免太異想天開了……」

「你是打電話來教訓我嗎？」黎貝嘉沒好氣地道。天空灰濛濛的，小雨也打在她的鼻尖，將她寒冷的心襯托得更為淒涼。

「我只是告訴妳，現實是很殘酷的。那個得第一名的凌美辰，早就被『史格』唱片相中了，只差還沒簽約罷了！這次的歌唱比賽，只是個幌子，一方面打響她的知名度，一方面讓她磨練實力，妳以為妳還能贏嗎？別傻了……」接下來的話黎貝嘉完全聽不到，她整個人呆若木雞，震住了……

內定……

原來早就安排好了……那她還攪這蹚渾水做什麼？半晌，她才恢復自己的聲音……

「所以，不管我唱得好不好……都沒有用？」她的聲音聽起來是如此乾澀。

「妳現在才知道？不要再掙扎了，回家吧！」黎碩庭苦口婆心地道，不過這時候他說再多都沒有用。

外頭下著小雨，她的內心也下著小雨。

「知道了啦！」

掛斷電話，黎貝嘉直挺挺地站在側門，沒有離開，也沒有再回去……她覺得自己好傻，為了一個遙不可及的夢想，這麼努力地想要成為新星，卻顯得相當愚昧。

張仲倫……他的容顏始終揮之不去。

打從她第一眼看到他開始，就深深為他吸引，他那出色的外表一定擄獲很多人的心吧？可是最吸引她的，是他眉宇間的憂鬱氣息，輕輕的、淡淡的，讓人始終繚繞於心，並且為他牽掛……

她常戲稱他是她的老公或男朋友，周遭的人都知道她對張仲倫是多麼痴狂，他是她心目中的偶像兼情人，那種迷戀，有時候連她自己都搞不清，只知道她極度地渴望他，甚至想要跟他永永遠遠在一起……

真的，只能是夢想而已嗎？

黎貝嘉失魂落魄的，準備離開電視臺，即使被雨淋溼了也沒關係，反正她要的，始終得不到……

一個轉彎，卻不慎撞到來人。

「哎喲！」

「妳沒事吧？」

「我……」黎貝嘉正想罵人，失戀的人有資格任性一下吧？當她抬起頭來，看到那一雙深邃的眸子時，不禁怔住了……

啊啊啊啊啊……心底尖叫一聲，她快速跳開。

張仲倫看著黎貝嘉的反應，不禁覺得有趣。看慣各式各樣的反應，張仲倫已經穩若泰山。

「妳要出去嗎？」

「……對……」黎貝嘉望著張仲倫，腦袋完全失去了功能，瞳孔裡映滿了他的身影。

「正在下雨，要小心點喔！」張仲倫揚起一個微笑，那魅力足以讓天地搖動，黎貝嘉感到頭暈目眩，天旋地轉……

張仲倫從她身旁走過，空氣中傳來淡淡的香氣……是他擦的香水的味道吧？這味道……快點吸、快點吸……黎貝嘉有些陶醉，並用力嗅取他的氣息，這樣才不會忘了……

突然——

「啊啊啊……」赫然間，她發出一聲慘叫。

她忘了要他的簽名了啦！

※　※　※

她怎麼那麼笨！

平常在報紙、雜誌、電視上看到他的人，都可以面對著他，滔滔不絕，猶如長江氾濫，對他訴說著綿綿愛意，聽到旁邊的人都要幫她貼上膠布了才肯罷休。

結果好不容易跟他見面，而且還是面對面耶！竟然連最基本的握手、簽名都忘了要，真是笨死了！

黎貝嘉惱火地咬著枕頭，對自己的遲鈍反應感到懊悔不已，虧她還是張仲倫後援會的會長耶！

只要張仲倫有可能出現的地方，她們一群粉絲就會跑到現場，甚至參加綜藝節目的錄影，只為一睹偶像風采。結果平常她那麼流利地操作後援會的聚會，真正見到偶像時，反應卻遲鈍得像隻老牛……

她氣死自己了！

「貝嘉！」

「進來！」黎貝嘉將自己埋在棉被裡。

黎碩庭走了進來，他的襯衫只有前面紮進褲子裡，頭髮有幾絲凌亂，刀雕似的臉龐相當剛硬，整個氣息給人一種壞壞的魅力，令多少少女粉絲為之痴狂，不過那可不包括自家人……

黎貝嘉從棉被裡探出頭來，懶懶地道：

「做什麼？」

「現在不會想再去演藝圈，動那些奇奇怪怪的念頭了吧？」黎碩庭在椅子上坐了下來，看著滿牆的張仲倫的海報。

經歷了昨天歌唱比賽的事，他以為她能夠看透。

「沒有！」

「什麼？」黎碩庭差點沒從椅子上跌下來，他將注意力從牆上收了回來，有些怒火中燒，「妳還搞不清楚狀況嗎？演藝圈不是那麼好混的，妳昨天才吃過虧，不是嗎？妳怎麼還這麼執迷不悟？」

「什麼執迷不悟？」黎貝嘉跳了起來，「我這是心裡有夢，逐夢踏實。」在遇到張仲倫後，這個念頭更堅定了。

「什麼有夢，張仲倫他是哪一點吸引到妳？不過就是靠他那張臉……」黎碩庭話還沒說完，就被黎貝嘉打斷。

「你亂說什麼！我喜歡張仲倫，不只是因為他那張臉，我喜歡的是他的才華、他的氣質、他的內涵……」她的話還沒說完，也被黎碩庭打斷。

「內涵妳的頭啦！妳是對他有多了解？我還內褲咧！妳跟他很熟嗎？」

「他每年都固定捐款給一些老人福利機構，前陣子還擔任『飢餓三十』的大使，分文不取，他沒有內涵嗎？」

「那都只是沽名釣譽啦！」

「你才沽名釣譽咧！」黎貝嘉生起氣來，完全沒有參選落敗的死氣沉沉，此刻非常有活力，敢跟最受少女喜愛的偶像團體T4的成員對罵，全世界的女性大概也只有她敢如此了吧？

「妳呀，被沖昏頭了啦！他怎麼會有妳這麼笨的粉絲？」黎碩庭敲了一下她的頭。

「要不是有我們這麼笨的粉絲，你們還生存得下去嗎？」黎貝嘉不客氣地回敬一拳。

「喲！妳承認妳笨了吧？」

「你才笨呢！」

「妳說什麼？」

「要再說一次嗎？你笨笨笨——笨死了！」

雙方你一來、我一往，在房間裡叫囂著，經過的人僅是瞥了一眼，都懶得去理會這對從小叫罵到大的兄妹。反正閒來無事，他們的爭吵，就當是生活中的一點調劑吧！

※　※　※

黎貝嘉對張仲倫著迷，並不是最近的事。

打從張仲倫出道以來，她就瘋狂迷上了他，這是眾所皆知的事，她不但搜集他的新聞、剪報，做成精美的冊子，還在網路上設置他的後援會，成員數量當然也是相當龐大。

而這一切還不夠，她希望能夠接近他，待在他的身邊。

對他的熱情有如滔滔江水，除非天地倒轉、山河移位、海水蒸發，她才會停止對他的迷戀。

將視線不捨地從店家展覽的電視收了回來，黎貝嘉緩緩走在街上，腦筋卻不停運轉著。

電視臺的歌唱新秀選拔結束了，既然人家早就內定，她憑什麼跟那個第一名爭？雖然她大大小小的歌唱比賽唱了不下十來次，實力被磨練到沒有第一也有第二，但就是沒辦法進入演藝圈，有什麼辦法？

她得找找看，還有沒有什麼歌唱選拔賽，如果唱歌不行，她就改走演戲，去電視臺的演員訓練班也是一個方法……

「小姐、小姐！」

黎貝嘉逕自往前走，直至那個聲音的主人擋在她面前，她才抬起頭來。

「你是誰？」她退了一步。

「小姐，妳不用怕，我不是壞人。」男人大概三十來歲，他笑了笑，露出潔白的牙齒，臉上的墨鏡讓她看不清他的眼神，而一頭梳得油亮的頭髮，大概連隻蒼蠅都站不住。

壞人會在自己臉上寫上「壞人」兩個字嗎？黎貝嘉睨了他一眼。保持距離，以策安全。

「你要做什麼？」

「是這樣的，我是個星探，這是我的名片。」男人掏出他的名片，名片印得相當精美。

「丁大明先生，有什麼事嗎？」黎貝嘉看了下名片，並沒有收起來。

「小姐，我是個星探，妳應該知道我的工作，就是挖掘明日之星，所以我每天都到街上找人，看有沒有人想要進演藝圈，妳應該知道知名女星林青霞，就是在西門町被發掘的吧？」

「嗯。」

「所以囉！我看妳不僅有林青霞的氣質，還有林志玲的美貌，如果妳願意的話，我一定把妳捧成像她一樣紅，不、不，甚至比她還紅。」丁大明搥胸以資證明。

「不用了。」黎貝嘉拒絕著。

雖然說她很想進入演藝圈，但是她看過太多的社會新聞了，有不肖人士利用年輕女孩愛慕虛榮的心理，詐騙她們，好一點的失財，更糟糕一點的，就人財兩失了。

「這太可惜了，妳的條件這麼優秀，不到我們公司來，可是會埋沒的。」丁大明舌粲蓮花，拚命地說服她。

「真的不用了。」

「妳不要這麼急著搖頭嘛！我們先好好談一談。」

「我……我還有事，要走了。」黎貝嘉不想跟他「擱擱纏」，想要落跑，丁大明抓起她的手，將名片塞到她手中。

「不要這麼急嘛！妳如果有意願的話，記得打電話給我，我叫丁大明，要記得喔！」

「我……」黎貝嘉想要拒絕，丁大明卻不給她機會。

「妳一定、一定要打電話給我，我們公司牌子老、信譽佳、制度讚、福利好，捧紅的人不計其數，像寶奇、童夢唯、張仲倫……都是我們公司的。」

嘎？

原本做好預備動作，想要腳底抹油的黎貝嘉，聽到張仲倫這個名字時，突然收了回來。

她猛地一個甩頭，髮尾還差點打到丁大明，她來不及說對不起，只是睜大了眼睛，叫了起來：

「張仲倫是你們公司的？」

「對啊！他是我們第一個簽下的藝人，都是我們幫他規劃生涯，妳看他現在多紅，只要有華人在的地方，就有他的蹤跡，妳喜歡張仲倫是吧？他常常出現在我們公司喔！」丁大明見黎貝嘉反應激烈，立即打蛇隨棍上。

「他常常……去公司？」黎貝嘉呆呆地站在原地，她的理智，早已隨著張仲倫的名字飄向遠方。

「對啊！有機會的話，我可以介紹妳跟他認識，搞不好你們還可以一起拍戲喔！」

一起……拍戲？不管能做什麼，只要能跟張仲倫在一起，就是幸福啊！

「真的嗎？可以一起拍戲嗎？」她興奮起來。

「對啊！那有什麼問題，他跟我很熟，我常在他下戲之後，去找他喝酒吃宵夜。」

「真的嗎？你跟他很熟？」她尖叫起來。

「對啊！妳看，這是我跟他的合照。」丁大明從口袋中，取出一疊照片，都是他跟明星的合照，其中就有兩、三張是他跟張仲倫合拍的照片，黎貝嘉看了差點沒大叫。

「好、好，我答應、我答應！」

這時候，她已經忘了先前的謹慎，整個腦袋都是張仲倫的身影，到後來，她反而拉著丁大明，不斷詢問有關張仲倫的事，失去了戒心……

※　※　※

「來，不要緊張，放輕鬆，把衣服脫下來。」

她怎麼會這麼笨！白痴到明明知道這是個陷阱，還傻傻地往下跳？黎貝嘉恨死了自己的魯莽，可是已經來不及了。

要不是那個丁大明，開口張仲倫、閉口張仲倫的，她也不會淪落到今天這個地步，竟然穿著薄紗蕾絲，在這裡拍寫真！

拍寫真也就算了，而是這個攝影師根本不安好心，打從她進到攝影棚，就見到他的色眼骨碌碌地在她身上流轉，那時候就感到不舒服了，而現在，他還要她把衣服脫下來？

「不……不行！」她抓著肩帶，身體不停顫抖。

「妳這樣怎麼行呢？我們這些照片，可是要寄給製作公司跟電視臺的，如果讓他們看上了，妳就有機會上電視，跟妳的偶像張仲倫在一起喔！」

怎麼連這個攝影師也知道她的死角？一提到張仲倫，她就沒輒了。

可是……事情已經不是她所想像的那樣了，這幾天來，丁大明一直跟她講張仲倫要到他們公司，叫她到公司來，然後就有幾個人打量著她，讓她感到不舒服，她早該提高警覺的。

今天丁大明打電話給她，一副緊急的口吻，要她快點到公司，說張仲倫要來看新人，她居然傻傻地來了，而來到這裡之後，他又跟她說，趁著等人的空檔，想要拍幾張寫真。

她不疑有他，一口答應，而當她看到丁大明替她準備的衣服時，立刻倒抽了一口涼氣。

這……這算是衣服嗎？不過用幾塊布料縫起來而已，能叫衣服？

現在她被迫穿著清涼的衣服，站在攝影機面前，天知道她這些照片會流到哪裡去，萬一她不從的話，他們會對她做什麼？

她已經後悔自己的愚蠢了……

而她的磨磨蹭蹭、拖拖拉拉，已經惹惱了攝影師，他一把丟下菸，憤憤地踩在地上，臉色也變得難看起來。

「妳到底要不要脫？妳不拍的話，後面還有好幾個人要拍！」他的語氣不佳。

「那……給其他人拍好了。」

攝影師一愣，倏地瞇起眼睛，眼神變得凶狠起來。

「這是什麼地方？妳以為妳能夠說來就來、說走就走？老子的時間不是給妳耗的，妳最好乖乖把衣服脫下來，要不然等一下我找人來幫妳脫的話，就沒有這麼簡單了！」

來了來了！終於露出本性了！

「我不要！」黎貝嘉快哭了出來。

「脫！」

「不要！」

「不要？我叫大明來幫妳脫……」

「我不……」

「你很喜歡脫是不是？好！我就幫你脫！」一記威狠夾雜著憤怒的聲音響起，攝影師還沒來得及看清來人，臉上就先被揍了一拳。

「×的！誰打我……唔……唔……」攝影師話還沒講完，嘴巴就被膠帶貼住，然後他整個身體被壓住，有人開始脫他的衣服，他嚇得想要大叫，奈何他整個人都被限制住，動彈不得。

幾個大男孩像上演霹靂火般，氣勢滂沱地闖進了攝影棚，還在她眼前上演脫衣秀，黎貝嘉呆呆地看著眼前。

「看什麼看！妳還在發什麼呆？」黎碩庭見她還在發呆，生氣地敲了她的頭。

回過神的黎貝嘉發現是黎碩庭時，緊繃的精神終於得以放鬆，忍不住哇的一聲哭了起來，窩進黎碩庭的懷裡。

她一哭，所有的人都看著她，而黎碩庭更加暴吼：

「不准看！全部把頭給我轉過去！」他一邊說，一邊趕緊從旁邊隨意撿起充當道具的布，遮住黎貝嘉的身體。

「不准看？自己都不知道看了多少女人的身體了，叫我們不准看？」T4成員之一的翁瑞豪冷冷地說。

「這叫只准洲官放火，不准百姓點燈。」另外一個T4成員范逸軒將攝影師的手綁了起來。

「可能想藏私……」T4當中的冷面笑匠楊適臣語不驚人死不休，黎碩庭氣惱地大吼：

「她是我妹耶！你們亂說什麼？」

既然是妹妹，就沒什麼好玩了，三個人閉起了嘴，不敢再胡言亂語，專心將地上的攝影師的衣服脫個精光，這些平日裡欺騙少女拍攝裸照的惡徒，今天反被拍了自身的裸照。

※　※　※

一行人上了廂型車，黎貝嘉衣著整齊地坐在後座的中間位置，黎碩庭和楊適臣分別坐在她兩側，范逸軒在前座開車，他旁邊坐著的是翁瑞豪。有這個目前聲勢如日中天的新生代偶像團體相伴，應該要很高興才對，黎貝嘉卻低頭不語，她扭絞著十指，不敢講話。

車子前進好一會兒，黎碩庭才不悅地道：

「妳在想什麼？為什麼會跑去那種地方？妳不知道那種公司很多都是騙人的嗎？」

「我……我知道啊！」

「那妳為什麼還去？」

就……一時鬼迷心竅，只要對方一提到張仲倫，她就昏了頭，整個人像看到蜜的蒼蠅，不顧一切地勇往直前。只是這話她怎麼也說不出口，因為她知道只要說出去，她一定又會遭到責罵。

黎貝嘉沒有回答，黎碩庭可饒不了她，一路狂罵：

「說妳笨妳還不承認，竟然跑去那種地方！要是被拍裸照，或者發生什麼事怎麼辦？妳以為妳承受得起嗎？啊？妳說話啊！笨！妳真是笨死了！」

「阿庭，好了，她已經知道錯了。」范逸軒趁紅燈空檔，從後照鏡看到了懊悔不已的黎貝嘉。

「說她笨，她還不是真的笨，還知道趁著換衣服的時候打電話求救；說她聰明，卻又做出這種事？」想到剛才接到她的電話，把他嚇得冷汗直流，生怕萬一他趕到的時候，只是一具屍體怎麼辦？

「那也要看是誰的妹妹嘛！」楊適臣冷不妨冒出這一句。

「喂喂！你什麼意思？」黎碩庭瞪著楊適臣。

「你聽到了。」楊適臣懶洋洋地靠在車門，現在人已經救了出來，可以放輕鬆一點了。

「你欠扁喔！」黎碩庭挽起袖子。

「你還沒打夠嗎？」楊適臣暗指他剛才的所作所為，把那個攝影師打得暈頭轉向不說，還用奇異筆在他臉上畫豬頭，看來他真的很生氣。也難怪，自家的人要被欺負了，誰都會跳出來保護的。

「欸欸！你們小心一點，這臺車是公司的車，我們是偷開出來的，等一下被發現就吃不完兜著走了。」范逸軒好心提醒他們，更別說他們還是在上工時段，為了搶救差點陷入火炕的美少女才跑出來的。

「對厚！節目還沒錄完……」黎碩庭想起他們經紀人韋澤，等一下又要用陰森森的表情望著他們，不禁頭皮發麻，他們這四個人天不怕、地不怕，就怕韋澤，只要他出聲，四個人大氣都不敢喘一聲。

不過……陽奉陰違的，又是一回事。

他們常常跟韋澤玩躲躲貓，趁韋澤發現之前，范逸軒加快速度，直奔工作現場。

第二章

「哎……」這已經不知道是黎貝嘉第幾聲嘆氣了，想到自己的荒誕行徑，羞愧得要死，為了張仲倫，她什麼都豁出去了。

她還沒有勇氣，去當《神啊！請多給我一點時間》裡那個犧牲奉獻，到最後連自己的命都賠上的那個少女真生，對張仲倫的痴、狂，她還留在理智的階段，呃……丁大明的事情除外，那只是個意外。

難道想要成為演藝圈的人，混到張仲倫的身邊，是遙不可及的夢嗎？

他，只能是天上的一顆星星嗎？

望著牆上張仲倫的海報，他的氣質、相貌，再加上他本身的才華，都令她絕倒。

這個張仲倫，不單是演員而已，他還自導自演，他親手製作了幾部戲劇，都有好口碑。

雖然說好口碑不代表收視率，不過張仲倫的名聲確實凌駕在其他人之上。

他不只是個演員，更是個藝術家。

看著海報上的張仲倫，黎貝嘉的魂魄已經飛了出去，幻想著與他牽手共遊，走訪世界各地……

手機鈴聲突然響起，她接了起來。

「喂！您好，請問是黎貝嘉小姐嗎？」一個女人的聲音傳了過來，黎貝嘉懶懶地應答。

「我是，妳哪位？」

「您好，我是『賀登』公司的人，上個月黎小姐在電視臺參加過一場歌唱比賽，不知道您有沒有印象？」

「上個月……有啊！」想到這個，她就作嘔，既然那個凌美辰早就內定了，幹嘛還要舉辦比賽、欺騙世人？徒讓其他懷抱明星夢的人失望罷了。

「是這樣的，我們對您相當有興趣，不知道黎小姐有沒有意願，接受我們公司的培訓，朝著歌手這一條路發展呢？」

「妳是……星探嗎？」黎貝嘉將心神收了回來。

「可以這麼說，我是栽培新人及負責他們往後演藝生涯的經紀人，我姓柏，柏林的柏，單名一個雅。」

「妳就是專門騙一些不知情的人，叫他們到你們公司，好進行騙財騙色的那種人嗎？」想到前幾天才遇到的事，黎貝嘉整個人都火大起來。

「我……」

「我管你叫柏林還是叫柏油！我跟妳講，你們都給我滾開！你們這些人，沒一個好東西！糟蹋別人很高興嗎？還是只要有利益可得，你們就不顧禮義廉恥了？學校教的都到哪裡去了？」朝著電話那一頭的柏雅大吼，黎貝嘉把她當丁大明那種人一樣看待。

「黎小姐，您可能有點誤會……」

「誤會？我還六會咧！對了，妳怎麼知道我的電話？我警告妳，不要再打電話來了！」

「黎小姐……」

「沒事了吧？沒事的話就拜拜！」黎貝嘉掛了電話，整個人呈大字型躺在床上。把那個叫柏林還是柏油的人罵完之後，心中舒坦許多。從那天起，她沒有再看到丁大明，一股鳥氣沒得出，如今又有一個不知死活的星探打電話過來，她當然朝她開刀。

想要進演藝圈，她會憑自己的能力。就算不能當明星，也可以當幕後，就算是當配音還是道具組都可，總是有機會跟張仲倫接觸的……

黎貝嘉整個人為這個想法而振作起來，她會朝她的夢想努力的。

※　　※　　※

黎貝嘉的學歷並不算太差，好歹也是國立大學畢業。從學校畢業之後，她也曾想過要找工作，但她想找能夠待在張仲倫身邊的工作，所以當明星不失為一個好方法。所以她不斷挑戰歌唱比賽，希望能讓唱片公司相中，進而進入那個圈子。

不過……這條路比她想像的還要辛苦，沒關係，還好唱歌是她的興趣，所以一路披荊斬棘，打敗其他對手，獲得比賽獎金，也算不無小補。

可是這畢竟不是長久之計，想要達成她的夢想，一定要有方法，絕對不能像她先前那樣亂闖亂撞，一點計畫都沒有。

在朋友的引薦之下，她要去一間節目製作公司上班，只要是跟電視臺有關的行業，一定可以碰到張仲倫的，黎貝嘉樂觀地想著。

搭上公車，來到了臺北東區，再走個幾步路就到了，黎貝嘉心情愉快，還哼著歌前進。

「鈴鈴……」

手機鈴聲響起，她接了起來：

「喂？」

「黎貝嘉！我怎麼會有妳這麼笨的妹妹？」黎碩庭的聲音傳了過來，開口就沒好話，惹得黎貝嘉也不悅起來。

「黎碩庭，你嘴巴給我放乾淨一點！」黎貝嘉不服氣地頂了回去。

「不罵妳罵誰呀？妳不是很想進入演藝圈，還拚命去參加大大小小的歌唱比賽，就是希望有人能看中妳？結果有人看中妳了，妳卻把對方罵了一頓，妳不是白痴是什麼？」

「你……你說什麼？」黎貝嘉腳步停了，身體有些僵硬。

「『賀登』的人親自打電話找妳，妳還掛柏雅的電話，害我得拚命跟人家道歉，看能不能再給妳一次機會……」

轟！

黎貝嘉整個人完全僵化，成為一個化石，而這個化石，正努力從嘴巴擠出聲音：

「你……你說什麼？」

「柏雅前兩天不是打電話給妳了嗎？妳有沒有讓人家把話說完？」

「柏……柏油？」

「柏雅啦！妳是撞到頭了喔！她是『賀登』的紅牌經紀人，在她底下紅的人起碼有一打，每個新人都想給她帶，結果妳在幹嘛？機會來了還把人家往外推？妳不是笨蛋是什麼？」該要的機會不要，不該要的機會卻拚命爭取，這小妮子瘋了！

「是是是，我是笨蛋，我是笨蛋。」黎貝嘉不惜委屈自己，低聲下氣。「親愛的堂哥，你可不可以把話說得清楚一點？」她的態度一百八十度轉變。

「我剛剛在電視臺遇到方又琳，妳應該知道她的，她演戲唱歌樣樣來，最近又出了一本書……」

「她我知道啦！最近很紅的咧！然後呢？」黎貝嘉將手機拚命貼著自己的耳朵，生怕漏聽重要消息。

「我就跟她的經紀人聊了一會兒，她說她前兩天打電話給一個跟我同姓的女孩子，那個女孩子還把她臭罵了一頓，我就好奇地問那個女孩子是誰，柏雅就報上妳的名字，聽到這裡，我就知道，妳——完——蛋——了！」

好好的機會上門，卻被她一腳踹開。

「哥，不要這樣嘛！」黎貝嘉快哭了。

「妳沒救了啦！」

「那你要救我啊！我知道你最好了，你長得風流倜儻、瀟灑不凡，是宇宙無敵世界第一超級大帥哥，你要幫幫我啦！」為了她的夢，她不惜違背自己的良心，猛灌迷湯。

「厚！妳什麼時候這麼看重我了？」

「拜託啦！」她快哭了。

「誰叫妳笨！」

「對，我笨，我很笨，我是宇宙無敵世界第一超級大白痴，可以了吧？」為了實現夢想，她不惜貶低自己。

「現在才承認喔？好了！不跟妳廢話了，我還有事，柏雅說妳如果還有意願的話，打電話跟她聯絡，她的電話號碼是……」黎碩庭唸出一串號碼，黎貝嘉則趕快找出紙筆抄了下來，然後打電話過去，至於那份製作公司的工作，早就被她忘得一乾二淨。

哎！偶像這兩個字，真是害人不淺。

※　　※　　※

來到了「賀登」，在接待小姐的指引下，黎貝嘉經過了不短的走道，兩邊盡是忙碌的工作人員，她赫見「賀登」的規模之龐大，難怪在業界這麼有名。而裡頭的人竟然能夠看上她，她不禁感到受寵若驚。

再加上黎碩庭的解釋與保證——「賀登」是個正派的經紀公司，跟那些只會騙騙無知少女，拍些不入流照片的公司是不同的——所以她才放心，隻身前來。

有這麼多人，就算想胡來，恐怕也沒辦法吧！黎貝嘉胡思亂想著。

「這裡就是柏雅姐的辦公室，她跟您預約好了，您可以直接進去。」接待小姐說著。

「直接……進去？」

「是的。」接待小姐微笑著。

雖然說那個柏油……呃，不對，是柏雅，對她不計前嫌，還和她訂下會面的時間，但是……她還是有點彆扭。

想到當初自己那麼衝動，不分青紅皂白就把人家臭罵一頓，如今又要跟她見面，黎貝嘉怎麼想都覺得很尷尬。

「黎小姐，妳不進去嗎？」發覺到她的異狀，接待小姐詢問著。

「沒事，我自己會進去的，妳有事的話，妳先去忙，不用理我，我自己來就行了。」到目前為止，她還沒做好心理準備。

接待小姐莫名其妙地看著她，帶著古怪的表情離開了。

見她走了，黎貝嘉鬆了口氣，她已經夠緊張了，毋須再來不相關的人攪亂她的心。

看著柏雅的辦公室，約定的時間到了，她站在前面，深吸一口氣，小學生似的在心裡默唸預備備——

她敲了敲門。

「進來。」

她推開門走進去，裡頭站著一名削著短髮的中年女子。說她中年，那是因為對才二十出頭的黎貝嘉來說，三十來歲的柏雅的確可以算得上是中年女子。不過這個女子感覺相當精明幹練，有女強人的風範，尤其她那個眼神一掃過來，讓人心生敬畏。

「妳好，我是……」

「黎貝嘉是吧？過來跟她們一起坐著。」柏雅指著在角落的沙發上，還坐著兩名少女。

其中一名和柏雅同樣削著短髮的女子，沒有笑容，看起來防衛意識很強。她的臉蛋清秀，濃而黑的眉毛英氣逼人，很有女中豪傑的味道。

而另外一名女孩則朝她笑了笑，圓圓的臉蛋加上彎彎的眉眼，給人的感覺甜甜的，一頭捲捲的頭髮落在她的兩側肩膀上，彷彿是童話故事裡的小公主，很容易受人喜愛。

黎貝嘉朝那名笑容甜美的女孩過去，在她身旁坐了下來。

「妳叫黎貝嘉啊？妳的名字很好聽喔！」

「謝謝，妳叫什麼名字？」

「我叫艾茉莉，名字很好記，就是茉莉花的茉莉。」艾茉莉介紹著自己的名字，還熱心地介紹一旁的女孩子：「她叫做戴柏儀。」

黎貝嘉對戴柏儀沒這個艾茉莉來得這麼有好感，僅是朝她看了一眼，未曾想過日後會跟這個戴柏儀成為好朋友。

「好了！」柏雅拍了拍手，將她們的注意力拉了回來。「既然妳們都認識彼此了，我們就更好說話了。公司觀察妳們在各個歌唱比賽的表現，覺得妳們的聲音很有潛力，非常具有特色，所以讓我找妳們過來，想要再針對妳們的聲音進行訓練……」

※　※　※

原本是不相干的三個少女，為了一圓星夢而聚在一起，任誰都沒想到她們除了歌聲，連個性也相當契合，並發展為莫逆之交。

而會成為團體出專輯，則是通過了層層測試之後，發現三個人的聲音能形成和諧的天籟，黎貝嘉的聲音明媚，艾茉莉相當嬌甜，戴柏儀則具中性，三個人能將對方的聲音突顯出來，又不會失去自己的原味。

於是在經過一年的培訓後，她們以「RED」這個團名闖進歌唱界，秉著初生之犢不畏虎的精神，第一張唱片就交出漂亮的成績單。

不僅在大大小小的綜藝節目均可聽到她們美麗嘹亮的嗓音，她們平易近人的特質，除了迷弟迷妹外，連歐吉桑、歐巴桑都無法避開她們的魅力，出現在菜市場時，也很受歡迎呢！

RED 團名的由來，則是由黎貝嘉 Rebecca、艾茉莉 Emily、以及戴柏儀 Debby，取其英文名字的頭一個字母組成。其中戴柏儀的英文名為 Debby，讀起來很像中文的戴碧，於是不論是 RED 或是任何認識她的人，都叫她戴碧了。

「快點快點！三十分鐘內要趕到另外一家電視臺！」公司裡的工作人員催促她們趕緊上車，三個人不敢懈怠，連忙一躍而上。

杯裝水早已準備好，三個人拿了起來，車子正準備啟動，黎貝嘉眼尖地看到車子旁邊剛停好一輛 BMW，從車上走下來的是——

「張仲倫！張仲倫！」

連水也顧不得拿了，黎貝嘉整個人拍打著車窗，讓其他人嚇了一跳，而開車的陳哥則罵了起來：

「貝嘉，妳在幹嘛？嚇人啊！」話雖這麼說，手仍俐落地操縱著方向盤，他得在時間內，將公司這三個寶貝送到 S 臺去。

「張仲倫！啊——」看著張仲倫似乎聽到她的叫聲，還回過頭望了一下，不過並沒見到任何人，然後……他的身影越來越遠、越來越遠……

嗚嗚……她的張仲倫……

黎貝嘉整張臉快貼到窗戶，艾茉莉則好奇地問道：

「貝嘉，怎麼了？」

「那個……張仲倫他……」黎貝嘉轉過頭來，兩眼渙散，一臉無力。

「人家已經不見啦！」戴碧冷冷地道，「妳是哪裡吃錯藥？叫這麼大聲？他是妳的偶像嗎？」

「對……啊……」黎貝嘉完全失去了力氣，將頭垂了下來。

「哎呀！沒關係，下次還有機會嘛！」艾茉莉安慰著她。

「下次？下次什麼時候有機會？」黎貝嘉咄咄逼人地反問，艾茉莉則怔得說不出話來，吶吶道：

「妳……妳幹嘛這麼激動？」

「我怎麼不激動？我會進到演藝圈，就是為了想跟他見面，跟他認識，可是現在我除了唱歌、跳舞、上通告，就是唱歌、跳舞、上通告！什麼時候才能跟他見到面啊？」黎貝嘉叫了起來。

「妳……該不會是為了他，才進到演藝圈的吧？」戴碧聽出端倪，有點不可置信。

「對啊！」

「妳不是喜歡唱歌嗎？」

「對啊！唱歌我也很愛，但是張仲倫才是我進來的目的，嗚……他不見了，張仲倫，我的張仲倫……」黎貝嘉相當哀戚，像個十足的怨婦，原本以為進了演藝圈後，就有機會跟他接觸，哪知事情並不如她想像中的順遂。

他們一個演戲、一個唱歌，領域原本就不一樣，更別說通告了，有時候常常她才剛到現場，就聽到他離開的消息，或是她早到，想留下來等他都不行，因為她還有工作。

以前有空的時候，還可以在家裡對著他的海報發呆，現在工作填滿她的生活，每天回到家，累得沾枕即眠，連跟張仲倫說晚安的力氣都沒有，只剩思念了……

「喂喂！貝嘉，妳不要太誇張好不好？妳自己也是個偶像歌手耶！對其他人還迷成這樣！」開車的陳哥忍不住冒話出來。

「話不能這樣說，陳哥，你自己不是也有偶像嗎？」黎貝嘉不服道。

「有啊！以前我可喜歡崔苔菁了，妳們知道她是誰吧？知不知道？她是我的偶像，她在我心中是最美、最有魅力的女人，誰也比不上她！說到她啊……」提到心目中的偶像，陳哥就意氣風發、神采飛揚，人也年輕了好幾十歲，滔滔不絕向她們提供性感女神的所有資訊。

而後座的三個人，平常聽他講崔苔菁聽到都會背了，戴碧很好心地拿出棉花棒，讓黎貝嘉和艾茉莉兩人掏掏耳朵，免得生垢。

而黎貝嘉哪有心思去聽陳哥講崔苔菁的事，她的心思全到那個漸行漸遠的張仲倫身上了……

第二章

第三章

「Allen，這是『晶采』金飾的負責人，關庭荷小姐，她可是你的影迷喲！」陳曜在雙方坐定之後，為雙方介紹。Allen 是張仲倫的英文名字，跟他比較熟的人，就直接用英文名稱他了。

「關小姐，妳好。」張仲倫朝關庭荷點了點頭，算是招呼。

「您好。」見到偶像就在面前，就算是已經年近四十的關庭荷，臉上也有薄薄的紅暈。

「關小姐想請你為他們公司的金飾做代言，所以找你出來談談，詢問你的意願。」

「妳太客氣了。」

「這是應該的。」

在富都飯店裡頭，張仲倫正和他的經紀人陳曜，以及這幾年在臺灣異軍突起的「晶采」金飾負責人見面。

說起「晶采」，它的創辦人是個八十歲的老婦人，從法國回來後，堅持落葉歸根，在臺灣開了金飾店。不過她的觀念可不老舊，所製作出來的款式，全都和法國時尚同步流行。

而關庭荷是老婦人的女兒，協助母親，讓「晶采」在臺灣發揚光大，最好的方式，便是找尋名人來代言。

張仲倫是首要人選。

「關小姐很有誠意，他們已經提好企劃，連劇本都擬定好了，她有帶過來，你可以看看。」陳曜替關庭荷開場。

「關小姐這麼抬愛，我非常感謝，不過我最近很忙，短期間內恐怕沒有辦法配合……」

「你不必擔心，下個月中，你有一個禮拜的空檔。」陳曜已經幫他看好時間。

「這樣的話，未免太倉促……」

「你放心，一點也不會妨礙你的工作。而且依你的工作能力，拍拍廣告而已，應該很快就可以完成。」陳曜說得又快又急，深怕他會拒絕，認識他甚久的張仲倫，疑惑地瞄了他一眼，不過沒當場表現出來。

「我再考慮一下。」張仲倫並非排斥這項代言，不過他不喜歡倉促決定。

「『晶采』開的價碼，一定能令你滿意。」陳曜又補了這一點。

「如果張先生不滿意的話，我們可以再往上追加。只要張先生願意代言，一定能為我們雙方帶來利益。」忐忑緊張的心情過後，關庭荷終於鎮定，恢復了商人的精明。

「不是這個問題……」

「張先生有什麼要求的話，儘管開口，只要是我能夠決定的，我可以答應張先生的任何要求。」連但書都出來了。

「Allen，關小姐都這麼說了，已經展現她最大的誠意了，你就答應了吧？」陳曜在一旁鼓吹。

「這……」

「我看過企劃案，最多三天就可以拍攝完畢，跟你的時間並不衝突，你就給我答應。」陳曜臉上帶笑，投射過去的眼神卻十分凌厲。

看來他不答應也不行，不過張仲倫知道這其中一定有問題。

※　　※　　※

「阿曜，你說，你為什麼一直替關小姐講話？」在結束會面之後，張仲倫在車子上開始對陳曜提出質詢。

「這個……」他的臉上浮現出一抹高深莫測的微笑。

「你該不會對她有意思吧？」張仲倫直接了當地問道，換陳曜訝異了。

「你怎麼知道？」

「你以為我看不出來嗎？」張仲倫睨著他，「不過她的年紀似乎比你還大，你確定這樣行嗎？」

「她也不過大我三、五歲而已，又不是三、四十歲。」陳曜反駁，一點都不以為意。

「你果然動心了。」張仲倫嘴角含著笑意。

「別五十步笑百步，我就不信在演藝圈打滾這麼多年，你沒有遇過讓你心動的女人。」陳曜不服氣地辯駁。

「優秀的女孩子很多，不過找到適合的很難。」

「少來了，我又不是記者，別對我說那些漂亮話！」前面交通號誌轉成紅燈，陳曜將車子停了下來，轉頭看著他。「而且關庭荷未婚，人漂亮又有氣質，我會受她吸引，是很正常的。」

「你總算承認了。」

「我也沒有否認過，倒是你，也三十多歲了，難道都沒有想過這方面的問題嗎？」陳曜將矛頭丟回去。

「再說。」

「難不成你想抱定獨身主義？」陳曜用眼角瞄著他，雖然他已經認識張仲倫好幾年了，也相當了解他的事情，不過對於他的內心世界，他還不是很透澈。

「我沒有絕對結婚或不結婚，不過這種事不能強求，婚姻這種事，要在對的時間碰到對的人，才會成功，時間不對或人不對，都只是枉費罷了！」張仲倫眸色一沉，嘴角隱去笑意。

見他如此，陳曜知道，他心中的那一塊……是個禁地。

※　※　※

說起這個張仲倫，在演藝圈是非常具有地位的。他出道早，進而「演而優則導」，拍戲不為嘩眾取寵，所接的戲都非常有內涵、寓意，不過有時候也會因為人情壓力而在其他戲劇中出現，但並不妨礙外界對他的觀感。

這是他在戲劇的表現，至於他個人，更是媒體追逐的對象，能在滾滾紅塵之中甚少緋聞，也算是奇葩了。

對於他的特立獨行、獨來獨往，外界自有一番見解，不過他依舊故我，不以為意。

也許，跟他過早的歷練有關吧？

「喂！辰辰嗎？嗯……爸爸也想你……嗯嗯，有乖乖嗎？好，我知道……下個月我會回去，嗯嗯，好……這樣啊……第一名嗎？太好了！」張仲倫邊拿著手機邊脫下外套，丟到沙發上，走進廚房倒了杯水。

「真的啊？要上臺領獎？這個……我不確定……別這樣，爸爸最喜歡辰辰了，嗯嗯……好，我知道……對不起，好，下次看你要什麼，我買回去好嗎？腳踏車……沒問題！電話先給阿嬤接一下好嗎？」

逮到空閒，張仲倫先喝了幾口水，回到沙發，手機傳來另外一個老嫗的聲音……

「阿倫啊！你什麼時候要回來？辰辰每天都吵著要找你。」張仲倫的母親無可奈何地道，聲音有幾許疲憊。

「下個月中吧！我應該有時間。」張仲倫腦筋飛快地想著行事曆。

「你已經很久沒回來了，從過年到現在，只能接到你的電話。怎麼樣？工作還好嗎？有沒有吃飽？自己有沒有照顧自己？」如同所有的母親，張母一逮到機會就嘮叨個不停。

「媽，妳放心，我很好。」

「都是你自己在講而已，我看你最近都在上通告，一下上這個、一下上那個，錢要賺，身體也要顧。」張母苦口婆心地勸道。兒子的動態，打開電視都看得到。

「我知道，媽，妳只要好好照顧辰辰就好了。」

「放心啦！辰辰他很好，倒是你，比較令人擔心。」看不到的總是最牽掛。

「辰辰下次上臺領獎，我可能沒辦法回去，我已經答應會買腳踏車回去，我知道妳要說什麼，不過我難得看到他，買給他又沒關係，那先這樣了，我才剛回來，先去休息了，拜！」掛斷母親的電話，張仲倫吐出一口氣。

好久沒看到辰辰了，應該長大了不少吧？

想到辰辰，他的眼前一黯。

除了辰辰，在他腦海還浮現出另一張清麗的臉孔……他拿起遙控器，將電視打開，電視裡熱鬧的聲音傳了出來。

※　※　※

「張仲倫？柏雅姐，妳說什麼？再說一次！」

黎貝嘉從柏雅專用辦公室裡的舒適沙發跳了起來，原本對於接代言不置可否的她，聽到張仲倫三個字時，立即生龍活虎、精神百倍，對著辦公桌後的柏雅問道。

「『晶采』金飾想要請妳代言他們的產品，他們的企劃案我看過了，價碼也很合理，我看過妳的時間，是沒問題的，現在就詢問妳的意思。」一頭俐落短髮的柏雅又簡潔明快地重複了一次。

「不是這個，是……妳剛剛說他們找誰跟我一起代言？」黎貝嘉興奮至極，唯恐自己聽錯。

「是妳朝思暮想的張仲倫。」柏雅懶得跟她周旋，直接公布答案。知道張仲倫是她的偶像，已經不是一天兩天的事了。

「是誰？」她不敢肯定，再問一次。

「如果妳不喜歡的話，我可以推掉這次的機會……」

「不、不用了！我接、我接！」黎貝嘉越過桌子，捉住了柏雅的雙手，怕她真的把這次的機會推掉。

「妳可以坐下來了嗎？」柏雅冷冷地看著她。

「喔！好……」看到自己還緊抓柏雅的手，黎貝嘉訕訕的笑著，「對不起。」把手縮了回來，乖乖坐回沙發。

得到解脫的柏雅按摩一下自己的手腕，嘖……這個黎貝嘉也太過激動，把她的手都捏痛了。

動了動手腕之後，柏雅翻開桌上的行事曆。

「時間定在下個月中十號，因為拍攝場景在海邊的關係，所以妳在十號那天要到臺東的旅館去住，到時我會派人送妳過去。」

「啊？海邊？旅館？」黎貝嘉有點茫然。

「等妳把這個劇本看過之後就知道了，」柏雅遞給她一份薄薄的書冊，「廣告的意境想呈現男女主角在海邊浪漫的氣息，導演堅持不要內景，要取外景，所以下個月中要去海邊拍攝。」

海邊？跟張仲倫？

黎貝嘉把劇本放在胸口，還沒閱讀，她已感到胸口有些發熱，她終於能跟張仲倫有所接觸了……

※　※　※

海邊，令人朝思暮想的海邊……

波光瀲灩的大海，在陽光的折射之下，更顯得耀眼無比，隨著潮水一波一波的前進，彷彿要將人層層包圍，送入溫暖的故鄉……

黎貝嘉看著眼前的海洋，不免有些心醉神迷。

而讓她緊盯大海的理由，是因為……張仲倫就在旁邊啦！

她的神經緊繃、頭皮發麻，手心滲汗，腳也虛軟無力，整個人就像被投在熱水之中，已經快融化了……

宛如雕刻家雕刻出來的完美比例，有著憂鬱的氣息，他不講話時，整個人就彷彿被孤寂包圍，再加上他的眼神，只消一眼，就足以讓女人為之臣服。

而現在……他竟然站在她旁邊？黎貝嘉已經快暈過去了。

「妳還好吧？」就連聲音也無懈可擊的好聽，不會太沙啞，也不會太陰柔，顯出他男人的味道，卻又不會咄咄逼人。

「黎貝嘉？」

他叫她？他在叫她的名字？喔喔……她一定是上天堂了……黎貝嘉有片刻的暈眩，等她恢復過來，張仲倫那張俊逸的臉龐就在她不到三十公分之處……

「啊！」她跳了起來。

張仲倫奇怪地望著她。「妳怎麼了？」

「我……」迅速張望左右，工作人員都在忙碌，只有他們兩個男女主角被導演下令到旁邊培養感情偷閒。「沒事、沒事……」她衝著張仲倫笑。

見她反應如此奇特，張仲倫也不禁揚起一個微笑。

他他他……他笑了？而且他只對她笑耶……他他他……她實在太幸福啦！進入演藝圈後，最開心的就是今天了。

過去的辛苦，終於有代價了。

「不用緊張，放輕鬆。」張仲倫以為她是因為初次單獨拍廣告，所以正在緊張。他記得 RED 有過幾支廣告，卻沒有她的代表作。

「嗯……嗯……」黎貝嘉激動地說不出話來。

連人都這麼親切……喔喔！她對張仲倫更傾心了，就算他將她賣了也無所謂。

張仲倫見她不說話，也不再繼續攀談，只是遙望遠方的海平面。

能夠站在他身邊，已經很幸福了，黎貝嘉不想破壞這幸福的一刻，就這樣和他靜靜站著。

待會所要拍攝的廣告，是男主角在碧霞滿天的夕陽下，看著逐漸被金色染黃的大海，然後男主角從海水裡拿出目標物——原來是一枚璀璨的戒指，而遺失戒指的女主角倉皇跑來，男主角幫她戴上，兩人的身影映照在夕陽之中，證明情比金堅。

整個故事敘述起來簡單，但要畫面唯美，並且從自然中取景，就不是那麼容易的事了，所以大半時間，幾乎都在等光線達到導演的標準。

等待的空檔，所有人就只能在旁邊納涼了。

而「采晶」的關庭荷手裡緊緊拿著價值不菲的鑽石戒指，在一旁等候，旁邊的工作人員則在猜測：

「等下要拍攝的戒指聽說值三百萬耶！」

「是四百萬吧？」

「我聽說是五百萬，這個錢，就算我們不吃不喝也買不起。」此言一出，眾人紛紛點頭。

「好了，就是現在，攝影師！快點！」一臉落腮鬍、滿頭亂髮的導演突然一聲大吼，驚動了所有人員，眾人紛紛集中到他身邊。

攝影師也不敢怠惰，連忙拿起攝影機拍攝。

此時角度與光線的折線恰到好處，夕陽正好介於海平面的上面，優雅地燃燒著天空，而海面也一片金光，絢爛無比。

「全部各就各位！」導演又是一聲大吼，身為男主角的張仲倫在海邊待命，女主角黎貝嘉則跑到十公尺外的距離等待。

「戒指，快！」導演一聲令下，關庭荷連忙把手上的戒指遞給張仲倫，而鏡頭則拍攝張仲倫的手，只見他將戒指從海水裡拿起，在夕陽的照耀下，戒指的色澤更勝平常。

接著女主角驚慌地跑過來，男主角則將戒指交還給她……

誰都想不到，戒指竟然從女主角的指縫中掉落，並墜入海裡，然後一個大浪襲來——

怎怎怎……怎麼了？

原本應該在女主角手上的戒指，跑到哪裡去了？黎貝嘉呆了半秒，馬上驚慌失措地大叫起來——

「啊！」

在場所有人全都嚇壞了，所有的工作人員心頭一震，也有不少大男人叫了起來。

「哇啊啊！」

「戒指！戒指！」

「戒指跑哪去了？」

「卡卡！」導演也連忙喊停，他沒空驚慌。「你們還在做什麼？快點找戒指！那枚戒指價值兩千八百萬，馬上給我找出來！」提到價錢時，他自己心都快跳了出來。

兩……兩千八百萬？

這遠比他們剛剛猜測的價錢還要高出好幾倍，所有的工作人員心都涼了，就算他們工作一輩子，也還不了這個價錢啊！嗚嗚嗚……

「快找快找！」

「快點找呀！」

顧不得手邊的事情，工作人員全體下海，去尋找那枚悠關他們生死的高級鑽戒，而關庭荷顧不得穿著套裝，也衝了下去幫忙尋找戒指。一群人在海裡，可謂大海撈針，困難至極。

這時候的黎貝嘉，簡直被嚇壞了。

她她她……她做了什麼？她竟然讓兩千八百萬的頂級鑽戒從指縫中滑落，她她她……她犯了什麼滔天大罪？

噗通！

她失控地跌入水中，身上的喀什米爾毛料的衣服全都溼了，她呆呆看著眼前十來個發瘋似的工作人員，腦筋一片空白。

正在尋找戒指的關庭荷見到罪魁禍首竟然無動於衷，也不幫忙找，再加上她是製作公司雀屏中選的演員，是張仲倫身邊的女主角，羨慕加嫉妒的心理使然，她口氣惡劣地對著黎貝嘉叫喊：

「妳還在這裡做什麼？都不用幫忙找嗎？如果那枚戒指不見了，妳知道我們會蒙受多少損失嗎？」

黎貝嘉完全說不出話來，只能怔怔的望著關庭荷。

「妳只會在這裡看嗎？不要以為妳是明星，我就會原諒妳，那是我們公司最頂級的鑽石戒指，我是為了這次廣告特地跟公司借出來拍攝的，如果它不見的話，連我都有事情！」

儘管太陽相當明亮，黎貝嘉卻感覺眼前一片灰暗，她彷彿置身北極，從裡到外都被冰凍住了。

關庭荷見她如此，更加惱火，加上戒指落入海底，下落不明，更令她心急，她衝動地跑上前，對著黎貝嘉大罵：

「妳到底搞不搞得清楚狀況？只會發呆是嗎？」

啪！

一個清脆的、響亮的巴掌聲穿透了海浪聲，所有的人全都往這裡望來，而這時候黎貝嘉總算驚醒過來，意識到自己做了什麼，不禁流下淚來……

關庭荷餘怒未消，正準備再給她一巴掌時，她的手被人握住了。

「關小姐，我們先把鑽石找出來吧！」張仲倫沉聲道，見是張仲倫，關庭荷縱使有滿腔不悅，也只得先忍了下來。

※　※　※

怎麼辦？戒指不見了！怎麼辦？

面對這項難題，黎貝嘉不禁痛哭失聲，就算把她這幾年賺的錢拿出來，也不夠還呀！她怎麼這麼大意，竟然讓這顆鑽石，像海水般從她手中流去……

她真笨！怎麼會造成這種失誤？

不僅造成她個人的失誤，更拖累大家下水……一群人都在海邊撈水，期盼能將剛才掉落的戒指找出來……

她到底……做了什麼事……

黎貝嘉臉上淌著淚水，妝容精緻的臉都哭花了，而大捲的波浪長髮，也被海水打溼了……

張仲倫算是現場較為冷靜的人，他看著周遭亂哄哄的根本毫無頭緒，大喝一聲：

「不要動！」

所有人都安靜了下來，不知道他想做什麼，雖說關庭荷對張仲倫有好感，但是眼看著市價兩千八百萬的鑽石就這樣落入水底，被大海吞噬，她連忙說道：

「張仲倫，你在說什麼？他們正在找鑽石……」

「我說不要動！」張仲倫回頭瞪著她，關庭荷被他的氣勢震懾住，十幾秒沒有說話，現場除了波浪之外，沒有其他聲音。

「剛剛……我們是在這裡拍的吧，導演？」張仲倫回到剛才站的位置。

「呃……差不多。」導演從鏡頭裡看到張仲倫主動入鏡，正好站在黎貝嘉身邊。

「你們不要再亂動。」張仲倫再次吩咐，然後，只見他蹲了下來，在黎貝嘉身邊打轉，他的雙手伸到水裡，黎貝嘉見他在她身邊摸索，心頭卻完全沒了意念……

大家都找不到，他會找到嗎？

她屏息等待著，只能感覺張仲倫在他身邊移動，她不知所措，也不知道該怎麼辦。

「找到了！」

張仲倫站了起來，手上拿著一枚亮得刺眼的發光物體。

那是什麼？

啊！這不正是那枚價值兩千八百萬的鑽戒嗎？除了外觀溼漉漉以外，並沒有損傷。

看到戒指被找到，現場的人不禁歡呼起來，慶祝聲直衝雲霄。

「太好了！太好了！」

「找到了耶！」

搬道具的小張再也忍不住，痛哭流涕起來，其他人也高興地抱在一起，導演也鬆了一口氣。

張仲倫走到關庭荷身邊，將戒指還給她。

「給妳。」

「謝……謝謝。」關庭荷笨拙地將戒指收了下來。

找……找到了？真的找到了？不是她在做夢，真的找到了！黎貝嘉的心情猶如天堂落到地獄，再從地獄返回人間，整個人霎時虛脫了……

第三章

太陽已經落入海平面，浪潮繼續推擠著，剛才所發生的事情，似乎只是一場鬧劇。

第四章

她要下去嗎？黎貝嘉躺在床上，不斷想著。

下去的話，會遇到他們的工作人員吧？可是不去的話……她的肚子好餓喔！總不能餓著肚子，直到明天吧？

肚子骨碌碌地叫了起來，她真的好餓喔！坐了起來，她看了一下時間，已經八點半了，這時候去的話，應該不會遇到其他人吧？她嘆了一口氣，站了起來，到樓下的餐廳去。

果然如她所料，這時候的人已經寥寥無幾，不過菜餚也差不多沒了。

不管了，有得吃就好了。

黎貝嘉在自助餐廳默默拿了盤炒飯，找了個位置，食不知味地吃了起來。

明天傍晚，可不能再出差錯了，她告誡著自己。

餐廳裡已經沒什麼人了，稀稀落落的，只剩兩三個人在聊天喝咖啡，也有幾個人落單，像是……咦？

張仲倫？

見到張仲倫，黎貝嘉立刻羞愧地想鑽到地洞，她拿著炒飯準備離開……不，不對，這樣一離開的話，不就永遠沒機會和他單獨說話了嗎？

機會。

這幾天他們身邊都有一堆工作人員，除了工作時間，她和他完全沒有相處的機會。

多難得的機會，不是嗎？

只是……在經過今天的事情之後，他會不會覺得她是個麻煩呀？他會不會因此而討厭她呀？

心下忐忑不安，想上前卻退卻，想離開又不敢，她的心情複雜極了。

怎麼辦？她要怎麼辦？

約莫是感受到她的目光，張仲倫從原本正在看的書籍當中抬起頭來，對上了她的，先是微微一愣，然後朝她頷首，那嘴角若有似無的笑意，再度牽動了她的心……

太太太……太帥了！

討厭啦！他幹嘛對著自己笑？自己會胡思亂想的！黎貝嘉在心裡吶喊，羞怯地低下頭。她再抬起頭來時，他已經低下頭繼續閱讀書籍。

這個時候離開，似乎不太妥當，反而顯得她沒禮貌了。既然如此，她鼓起勇氣，站了起來，朝張仲倫走去。

一到張仲倫的面前，她立刻九十度地朝他鞠躬。

「對……對不起！」

張仲倫合起書來，疑惑地看著她。

「對不起什麼？」

「今天……對不起，都是因為我，讓大家都沒辦法工作，真的很……對不起！」

不敢直視他的目光，她再度深深鞠躬。

「沒關係，事情都過去了，還有，妳……還會痛嗎？」他盯著她的左臉，似乎還有些紅腫。

想到今天被關庭荷打的左臉，黎貝嘉又感到臉頰發熱起來。

「不……不會了。」她捂著左臉。

「那就好。」

不會才怪，回到飯店之後，她還拿冰塊冰敷，一直到剛才下來之前，才將冰塊拿下來。

不過……能因此得到張仲倫的關心，也不引以為苦了。

見她一直站著，張仲倫也不好意思。「坐啊！」

「喔喔……好。」黎貝嘉順從地坐了下來，只是坐了下來之後要聊什麼，反而不知道了，她局促地扭絞著手指，狀態極為不安。

「這是妳第幾次拍廣告？」張仲倫開口了。

「嗯……第七還是第八次吧？之前的廣告都是跟另外兩個團員一起拍的，所以這一次找我單獨拍廣告，我還滿訝異的。」通常他們都是以 RED 的名義拍廣告。

「妳很適合這個角色，外貌雖然甜美嬌柔，但卻有強韌的氣息存在。」

「謝……謝謝。」黎貝嘉不由得臉紅起來，這樣子……算不算在稱讚她？

「妳不用想太多，好好休息一天，明天下午再拍的時候，小心一點就可以了。」張仲倫以鼓勵一個後輩的姿態說著，聽在黎貝嘉的耳裡卻不一樣，就像得到情人的溫存。

「好……對了，你今天怎麼找到戒指的？」眾人都找不到，他竟然能找到？黎貝嘉簡直把他當神了。

「因為比重。」

「什麼？」

「妳應該知道水的比重是一吧？而海水因為有鹽分的關係，比重大概是一點多，而鑽石的比重是三點五二，明顯比海水多出許多，所以應該會沉到水裡，不會隨著海水亂跑。我才叫大家不要亂動，在掉戒指的附近尋找……其實也是運氣啦！不過還是讓我找到了。」

「原來如此……」黎貝嘉的眼睛閃爍出寶石般的光輝。

能夠利用比重的原理，進而尋找出戒指，這點道理聽起來雖然簡單，卻也證明了他的學識淵博，黎貝嘉對他的崇拜又更上一層。

「Allen，原來你在這裡。」關庭荷在他們身邊出現。

「關小姐。」張仲倫朝她禮貌地點了點頭。

「我可以坐下來嗎？」不等對方回答，關庭荷已經不客氣地拉開椅子坐了下來，並且將視線轉向黎貝嘉。「黎小姐，妳也在這裡呀？剛剛吃飯的時候，並沒有看到妳。」

「那個……」因為差點把他們家的鑽石弄丟，黎貝嘉對關庭荷有股愧疚感。

「希望明天的時候，不會再發生這種事了，再發生一次的話，我們恐怕承受不起。」關庭荷一點面子也不留給她，黎貝嘉感到相當狼狽。

「我知道。」

「那妳還在這裡幹什麼？不去想想明天該怎麼做嗎？」

「我……我知道了，那我先走了，拜拜。」顧不得另外一桌還有未吃完的炒飯，黎貝嘉快速離開。

走到一半，黎貝嘉才發現不對——她離開了，那關庭荷呢？

轉身一望，她正在跟張仲倫講話，黎貝嘉不禁生起悶氣來，她把她趕走了，自己卻留在原地？

誰叫自己理虧？被人趕走也是正常，她嘆了一口氣，離開現場。

※　※　※

「Allen，今天謝謝你了。」

關庭荷穿上了洋裝，原本梳著的頭髮也放了下來，就算是在晚上，她的臉上還是有著淡妝，整個人看起來容光煥發。

看起來今天是沒辦法看書了，張仲倫將書放在一旁。

「哪裡。」他端起咖啡啜飲。

「要不是你，我恐怕會被公司辭退，無論如何，我都很感激你，所以我想再跟你簽明年的代言，好嗎？」

能夠有代言接，當然不錯，這樣陳曜也會很開心吧？

「你可以跟陳曜談。」他決定幫陳曜製造機會。

「你人都在這裡，我就直接跟你談，不是更快嗎？我的房間有電腦，你要過來看一下我剛擬定的合約嗎？」關庭荷用眼神邀約。

張仲倫放下咖啡，他很清楚那是什麼眼神。

「我想……明天早上再說好了。」張仲倫婉拒著。

「Allen？」

「今天出了點意外，大家都累了，妳也應該回去休息。」張仲倫站了起來，避開不必要的是非。

「喔……要不然我們出去走走？聽說今晚有月亮。」

「我還有點事情要做，明天再聊了。」張仲倫沒有再給她機會，留下關庭荷一個人尷尬地站在原地。

而張仲倫往前走，心情卻有些煩躁。

不是因為關庭荷的關係，而是對於女人的追求，他感到莫名的煩躁。剛剛那個黎貝嘉還好，而關庭荷讓他倍感壓力。

就算她不是陳曜的女人，他也不會碰她。

他沒有資格接受任何人的追求吧？

呼吸猛地停住了，彷彿有人突然扼住了他的脖子，張仲倫快速離開，想要逃脫那層束縛。

※　※　※

得到張仲倫的鼓勵，黎貝嘉拋棄了昨天的不快，她決定好好表現，讓他刮目相看。

張仲倫的話，在她心頭發酵。

就像蜂蜜浸到心裡似的，每一吋都甜滋滋的，今天的黎貝嘉在不自覺時，嘴角都揚著微笑，整個人簡直是個甜姐兒。她大方地與工作人員打招呼，一點也沒有昨天的陰影存在。

「張大哥，午安，等一下就拜託你了。」

「李大哥，午安。」

「我等一下會小心，不會再犯錯了。」黎貝嘉對所有的工作人員道歉，見她如此誠心，眾人也不好意思再責怪她。

「等下可要好好接住啊！」禿頭小李擔憂地叮嚀道。

「我知道。」

「對啊！大家可沒辦法再像昨天那樣在海裡尋找，都沒力氣了。」小張也忍不住說了。

「我知道，我不會再讓大家失望的。」

伴隨甜美的笑容和誠懇的態度，黎貝嘉已經化解了工作人員對她的疙瘩，紛紛和她說說笑笑起來。

來到現場的關庭荷見到的就是這一幕。

昨天她讓鑽石落到水裡，今天卻能和工作人員說笑，甚至昨天還跟張仲倫聊天……她到底有沒有把工作放在眼裡呀？

關庭荷心下一怒，走了上去。

「黎小姐，我是請妳來工作，不是請妳來聊天的。」

見到是關庭荷，黎貝嘉雖然對昨天那個巴掌心存懼意，不過還是挺直腰桿，爽朗地對她打招呼：

「我知道，我等一下一定會好好表現的。」

見到她的笑容，關庭荷反而愕然了。伸手不打笑臉人，再加上現場這麼多人，她也很難在這裡擺臉色，關庭荷只得悻悻然道：

「希望妳說到做到。」

「來了、來了，導演來了。」有人一呼，所有的人都已經就定位，而導演依舊頂著他那頭亂髮及滿臉鬍渣來到現場，張仲倫則跟在後面。

「大家都到了嗎？」

「都到了。」

「好，昨天我們很幸運，已經補捉到太陽，今天我們要拍的是男女主角的交會，大家認真一點，順利的話，今天就可以收工。」導演對夕陽的要求特別高，要在最美的那一剎那將畫面拍攝下來，這是他身為藝術家的堅持。

「開始了！開始了！」

有人開始大喊起來：「打板的打板，收音的收音，大家各就各位，希望今天可以拍好鏡頭。」

剩下的鏡頭很簡單，就是女主角朝男主角走來，然後男主角將戒指交給她，女主角的眼神要充滿柔情，要讓人家覺得她正在熱戀之中。

「預備，開麥拉！」

導演一聲令下，便看到身為男主角的張仲倫，正以深情的目光，輕柔地將戒指交到黎貝嘉的手中……眾人皆屏息著——很好，她接住了，並握得牢牢的，沒有掉到水裡……

「卡！卡！」導演突然大聲喊道。

「怎麼了？」眾人驚慌起來，難不成戒指又掉了嗎？

「眼神不對，貝嘉，眼神不對！」導演叫了起來，「我不是跟妳溝通過了嗎？妳對 Allen 是充滿深情，妳喜歡他，要讓任何人一看到妳，就知道妳在喜歡他，知道了嗎？」

「知……知道。」這不就是在演她嗎？

「重來。」

「是。」

眾人又重來一次，拍到男主角將戒指交給女主角的那一刻時，眾人心頭又跳了一下……

「不對、不對！重來！」導演再次大叫。

「怎麼了？」

「又怎麼了啦？」現場皆發出不滿，只見導演走上前，拿著揚聲筒對黎貝嘉叫道：

「我剛剛說的，妳有沒有聽到？」

「有……有……」

「就算妳不喜歡 Allen，也要假裝一下，知道嗎？把他想成是妳心中的偶像，妳暗戀他很久了，巴不得成為他的人，了解了嗎？」

「了解了……」她太了解了。

「很好，那就繼續。」導演迅速回到自己的位置，他要搶落日的時間，得趕快拍攝。

黎貝嘉也很想呀！這個腳本，完完全全符合她的精神，可……可是……

闕庭荷那雙銳利的雙眼，正像雷達般不斷掃射她，那帶著審視、銳利甚至包含妒恨的眼神，讓她的心情緊張不已，就算她想鎮靜，她也尾隨著她……

不行！在那種眼神之下，她沒有辦法表達出對張仲倫的愛意。

「卡！妳在搞什麼鬼呀？」導演第三次叫了起來，「他是妳的情人，不是妳的敵人，妳不用怕 Allen 好不好？」

「是……」

「是就給我好好演！」導演又回到椅子上。

雖然她很想好好發揮，但是關庭荷那眼神……還在看她，她沒有辦法忽視。她做了什麼，讓她這麼怨恨？因為昨天不慎讓戒指掉到水裡嗎？可是都找到了呀！那她為什麼……

「Action！」導演一聲令下，她又得從原來的位置走到張仲倫身邊……

「不對、不對！再來一次！」

隨著時間流逝，黎貝嘉越來越緊張，呼吸也越來越不順，導演臉色越來越難看。

終於在太陽隱沒在海邊的那一刻，所有的工作宣告暫停。

※　※　※

哎！她是怎麼了？怎麼會這麼不順呢？

黎貝嘉整個人躺在飯店的床上，連飯也不想下去吃了，乾脆躲在房間吃泡麵，順便哀悼一下。

她真的不是故意的，有那麼一雙怨恨憤妒的眼神在旁邊，她還演得下去嗎？

她一定很討厭她吧？讓戒指掉到水裡，使大家受到那麼大的驚嚇，如果戒指不見了，她一定會丟掉工作吧？

黎貝嘉再一次哀怨，仰頭吃掉最後一口泡麵。

導演會生氣也不是沒有原因啦！一天之中，夕陽落下的時刻就那麼幾分鐘，而且畫面還要唯美，達到導演的標準。看來她只能努力再努力了，要不然照這狀況下去，一年也拍不完。

隔天傍晚，所有的工作人員又到現場。

這不算是導演最難搞的一次，所以工作人員已經很認分了。其實光線、場景都可以由電腦動畫合成，但這個導演偏偏堅持拍攝自然，補捉最美的一刻，他的堅持讓他在這行業中享譽盛名。

還好這幾天天氣不錯，他們可是查過氣象之後，才敢決定拍攝時間的。

此時工作人員都在忙碌，黎貝嘉則搜尋四周……咦，關庭荷不在耶？她不是都最早來的嗎？

「張大哥，那個『晶采』的負責人呢？」她拉著打光的工作人員問道。

「喔？她呀？聽說她接了通電話，趕回臺北去了，今天換另一個人過來。」市價兩千八百萬的鑽戒在他們手上，『晶采』的人當然得盯緊一點。

「原來如此。」

黎貝嘉見旁邊有個穿著西裝筆挺的中年男子，西裝上還有「晶采」的標誌胸針，便朝他頷首，對方也朝她點了點頭。

太好了！關庭荷不在。

心下頓時輕鬆許多，所有的壓力似乎都解除了，她的精神大好，等一下可以好好工作了！

很快，人員全部到齊，包括張仲倫也來了。見到他時，黎貝嘉不禁臉上一紅。

老是在他面前出糗，怎麼得了！

就算她很想接近他，也不能老是窘態盡出呀！她希望他能夠注意她，但不是這種方法。

哎哎！她的感情路真不順。

「貝嘉，又在想什麼？」導演拿著揚聲筒，朝她腦袋敲了下去。

「哎喲，好痛！」黎貝嘉叫了起來。

「我是要敲醒妳！我先前跟妳溝通的，妳到底懂了沒有？」

「懂了懂了！全都懂了！」

「很好，去站在妳的位置上，今天的位置有點不一樣，妳必須再往後退個兩步，光線才會跟昨天一模一樣。」

哇咧！這是在幹嘛？連幾步都要計較？

不過導演的話不能不聽，黎貝嘉在他的指示之下，來到了他要求的位置，雙方討論好步伐之後，準備正式開拍。

「預備，Action——」

開始了、開始了！

開始拍攝時，黎貝嘉決定將心中的情感釋放出來，那是導演要求的，不是嗎？

導演一聲令下，站在海中的黎貝嘉，朝張仲倫走了過去。

她優雅地朝他走過去，就像一隻人魚似的，水流無法拖住她的行動，反而更顯出她的輕盈靈活。海風吹過她柔軟的長髮，夕陽的光線照了過來，在她身上形成一層光罩，彷佛太陽女神一般。

她露出一個想要掩飾卻又按捺不住的嬌羞笑容，那濃烈的強烈眼神，是深陷在熱戀的女人才有的。

就連站在她對面的張仲倫也為之一怔，她今天……很不一樣？

前兩天他並沒有認真注意這個小女孩，只覺得她是個普通的新人——對他來說，黎貝嘉算是新人了。

可是今天，怎麼能夠……在一個稚氣未脫的女孩身上，感受到熱戀的氣息？她知道什麼是愛情嗎？

他竟然感到……心頭被牽動……

兩人的視線繾綣在一起，彷彿生生世世，都將這樣定格……

「卡！太好了！就是這樣！」導演興奮地跳了起來，一把抓住黎貝嘉，將她推到張仲倫懷裡。「趁現在太陽還沒有落下，我們趕緊把最後一幕拍起來，剛剛的感覺很不錯，就是這樣！」語畢，他又迅速衝出鏡頭，命打光的將黃昏的陽光打在他們身上。

黎貝嘉微微一怔，身體發燙，臉上露出得意的微笑。

她可以在眾人面前，毫無保留地表達對他的情感。

而張仲倫也不需要刻意演戲，他順著剛才的氣氛，流露出真實的情緒，很自然地將她抱在懷裡，然後抬起她的左手，將那枚戒指，輕輕套在她的手指上……

像是許下了永恆的承諾。

光線從璀璨的鑽石中發射出來，溫柔地包圍著兩人，分不清是陽光還是鑽石本身的光芒；而裡頭的人影，早已融為一體……

第五章

廣告的效果非常好，尤其在張仲倫將戒指套在黎貝嘉手指的那一幕，多少粉絲都希望他套住的，其實是她們的手指，而當夕陽將他們的身影悄悄隱沒時，在那個光線迷離之際塑造出來的情境，更是唯美夢幻。

導演也準備將這支廣告拿去參加今年的廣告獎，聽說得冠的呼聲頗高。

而當路邊的電視牆強力播送這支廣告時，總會吸引不少路人的目光，有些人甚至站在玻璃窗外面，直接看著裡頭的節目。

「張仲倫……張仲倫……」

一個痴迷的聲音從店外響起，一名臉戴墨鏡、頭戴草帽的少女正緊緊盯著電視不放，而她身邊的兩名少女則努力將她拉離店面。

「好了啦！走了啦！」

「妳到底還要看多久？」

少女沒有回答，她身邊的夥伴彼此望了一眼，兩人乾脆一手架著她一邊，硬將她拖離現場。

「茉莉、戴碧，妳們要把我帶去哪？」黎貝嘉瘋狂地叫了起來。

「妳可以再叫大聲一點沒關係，最好讓後面那兩個跟蹤我們的狗仔拍到妳的模樣。」戴碧冷冷道。經她一提醒，黎貝嘉才發現四周除了來來往往的人群之外，背後果然有兩名鬼鬼祟祟的男子，打從她們離開公司之後，就一直跟著他們。

「他們還在啊？」她蹙起眉。

「對呀！他們跟蹤我們這麼久了，也滿可憐的，要不要買點水給他們喝？」艾茉莉算是她們三個裡頭心腸最軟的。

「妳乾脆跟他們回去算了。」戴碧睨著她道。艾茉莉被她一瞪，吐了吐舌頭，又唯恐被拍到醜態，趕緊縮了回去。

「我還想再看一下張仲倫……」黎貝嘉依依不捨地望著背後，她和張仲倫拍的金飾廣告正好結束。「啊……沒了。」她哀嚎起來。

「妳都跟他一起拍廣告了，還一直看他？」艾茉莉不解她的瘋狂。

「對啊！看不厭嘛！」

「把他帶回家不就得了。」戴碧冷冷道。

「對啊！我就是想這麼做，不過不知道怎麼做，自從上次拍完廣告之後，就再也沒機會跟他聯絡，已經一個多月了，跟他的回憶，只能停留在夢中……」黎貝嘉突然感慨起來。

看到黎貝嘉又在做夢的痴樣，戴碧不屑一顧。「對，他只是妳的夢。」

「妳好狠喔！」黎貝嘉可憐兮兮地說。

「誰叫妳不加把勁，把他把來。」戴碧說話有如男性，對黎貝嘉提出不切實際的建言。

「把？怎麼把？那一次拍攝期間，除了工作以外，其他的時間，他不是在他的房間，就是跟別人在一起，我……我怎麼跟他接近？總不能衝上前，抓著他的手，說你願意跟我交往嗎？」

「這也是可以的。」戴碧假裝考慮。

「哎喲！我不敢啦！」在檯面下瘋狂是一回事，一旦站在偶像面前，又是完全另一回事。

「那就是妳自己的問題了。」戴碧懶得理她了。

「喂！別這樣嘛！妳們幫我想想，還有沒有什麼辦法可以接近他？他最近會上什麼樣的通告，叫柏雅姐幫我們安排一下……喂喂！妳們兩個走那麼快幹什麼？等等我……」

※　※　※

張仲倫坐在休息室裡，等著待會兒要上的通告，幾名藝人嘻嘻笑笑地走了進來，見到他坐在裡面，也不理會，在化妝間吵鬧。

對於這些剛進圈子、枉顧倫理的小朋友，張仲倫不禁想到自己剛進來時，是多麼小心翼翼、戰戰兢兢；相比之下，現在的小朋友倒是初生之犢不畏虎呀！

說到小朋友，他想起了黎貝嘉，那個甜美而又明媚的女孩子，難得可以在她的身上，同時看到女人與女孩的特質，她真的……很與眾不同……

她是所有人當中令他印象最深刻的。

「哎呀！這素誰？這不素偶們的張仲倫張哥嘛！」

一個操著臺灣國語的主持人走了進來，他臉蛋微圓，眼睛瞇瞇的，有時候會開些黃腔博君一笑，在主持界小有名氣。

張仲倫被他的聲音驚醒，朝他點了點頭，他和藝名銅鑼仔的周順榮並不熟，不過也用不著打壞關係。

問題是他不想理人家，人家卻偏偏過來纏著他。周順榮見他冷冰冰的，硬擠到他的身旁坐下。

「我說張仲倫啊！做人不要那麼冷冰冰的，你要常笑，要多微笑，這樣運才會

好，知道嗎？」周順榮邊說邊笑給他看，露出一口被菸熏黃的牙齒，聽說最近還要花錢美白。

張仲倫將眼神移開，免得太過注意他的牙齒。

「對了，我聽人家說，你很早就結婚了，連孩子都有了，素不素這樣啊？」周順榮大剌剌地問道，完全不顧休息室還有其他人在，而原本吵鬧的其他藝人，也頓時壓低了音量。

張仲倫臉色微變，聲音一沉。「你聽誰說的？」

「這應該素……公開的祕密吧？不素還有那個誰誰誰，都已經有四個小孩了，到後來還不素被記者知道了，搞得人盡皆知。所以你這個，還只是小case啦！」

一些資深的藝人都對他的過去有興趣，而剛出道的年輕人並未涉入這一塊。

不過聽到大牌有祕密，小牌的也要湊一腳。

張仲倫沒有回話，這種狀況他已經遇到好幾次了，最好的方式就是沉默，大部分的人都會識相地閉上嘴巴。

不過也有例外。

周順榮不甘受冷落，又追問：

「你也講點話啊！有還素沒有，說一聲就好了，這個也沒有什麼，對不對？」

「夠了！」張仲倫臉色一沉，表情變得相當難看。

「怎麼了？不能講素嗎？素有還素沒有？還素你不想講這個問題？你要講清楚啊！」周順榮還在追問。

在場的其他藝人已經可以感受到張仲倫身上散發出來的嚴峻氣息，都安靜了下來，大氣不敢喘一聲，而周順榮大概是仗著自己資歷深，並不以為意。

「你看看，你又開始了，我剛不素說要笑，你要多笑嗎？」周順榮自以為是，還繼續要張仲倫放鬆肌肉。

「我想你還是關心一下你的賭債比較重要。」張仲倫冷冷道。

周順榮臉色一變，揚聲怒斥：

「你說什麼？」愛賭的周順榮，幾近退休的年紀，但是早年跟人家豪賭，欠下上億元賭債，搞得妻離子散，家不成家，現在他還得拚命主持、在節目上搞笑。

張仲倫並不予理會，周順榮惱羞成怒，一把抓起了他的衣領。

「我的賭債關你屁事？需要你來說嗎？啊？你什麼意思？想要教訓我素不素？我告訴你啦，還輪不到你！」只要一提到此事，周順榮就像被踩到尾巴的貓，張爪舞爪，大聲咆哮。

「周大哥，不要這樣！」

「這樣不好看！」

「周大哥……」

其他人見狀，紛紛上前勸阻，拉開周順榮，不過周順榮顯然並不領情，他對著張仲倫大吼：

「你自己管好自己，不用管別人的閒事，聽到了沒有？」

「聽到了、聽到了。」旁邊的人趕緊替張仲倫回答，怕他們一言不合大打出手，紛紛勸和。

周順榮將手抽回來，朝地上啐了一口，悻悻然離開了。

眾人見狀，才鬆了一口氣，然後看著張仲倫。周順榮雖然衝動，又只准自己揭他人瘡疤、不容他人說自己短處，但……他說的是真的嗎？狐疑悄悄在周遭升起。

「張大哥，你還好吧？」一名年輕男藝人上前詢問。

「沒事。」張仲倫整了整衣裳。

※　　※　　※

「你聽到了嗎？方才在休息室裡……」

「真的嗎？」

流言開始在四周浮動，就像禁忌的祕密，越隱藏，越讓人好奇。原本只是休息室的插曲，最後在電視臺裡擴散開來，彷彿病毒般，不斷地肆虐，到了其他攝影棚，仍持續發燒。

「喂喂！妳們聽說了嗎？我剛剛到隔壁棚，聽到裡頭的人正在說，張仲倫結婚了，而且還有小孩耶！」

咚！

一支眉筆從空中掉到地上，黎貝嘉高舉的右手無法動彈，兩側的團員看著她的反應。剛剛，她從鏡子的反射中，看著有小喇叭之稱的女藝人跑了進來，興奮地對著其他人八卦。

「什麼？」

「真的嗎？什麼時候發生的？」

「妳再說詳細一點。」

幾個愛聽八卦的藝人全都湊了過去，小喇叭見有聽眾，得意地當起廣播電臺：

「就是啊，我剛剛去隔壁棚看人家錄影，到他們的休息室去，結果正好看到銅鑼仔氣沖沖地離開，我就問裡頭的人發生了什麼事，他們說銅鑼仔跟張仲倫吵架，他們還說，張仲倫已經有小孩了耶！」

「有小孩？他結婚了嗎？」一個女藝人吃驚地喊了起來。

「拜託！都什麼時代了，誰說要結婚才能有小孩？」另外一個藝人嗤之以鼻，旁邊又有人說道：

「可是他才三十多歲，不是聽說他十八歲那年就出道？那他的小孩多大了呀？」

「我也不知道。」

「說不定是未婚生子……」

「有可能……」

「那他老婆是誰？」

「你們夠了沒有！」顧不得還沒畫好的眉毛，黎貝嘉站了起來，對著討論得正起勁的眾人大聲喊道：

「事情是怎麼樣，根本還不知道，妳們不要在這裡隨便亂講！」她的情緒過度激動，眾人霎時將目光轉移到她的身上。

「我哪有亂講！這是剛剛才發生的事，要不然妳到隔壁棚，那裡有很多人可以證明我說的都是真的！」小喇叭見被責罵，惱怒道。

「妳有問過張仲倫嗎？有去問他本人嗎？」

「我……沒有……」

「那就對了，妳都沒有問過他本人，未經查證的事情怎麼可以亂講？如果是妳自己被亂指控的話，妳會怎麼樣？那麼喜歡當狗仔，乾脆改行算了！」黎貝嘉氣惱道。

「妳在激動什麼……？我在說張仲倫，妳是他老婆嗎？關妳什麼事呀？」

「我……反正妳不可以亂說話！破壞他的名聲，妳不覺得妳這樣很缺德嗎？」黎貝嘉絕不允許有人詆毀他。

「怎麼樣？我就偏要說，他結婚了、有小孩子了，怎麼樣？小孩子是妳跟他偷生的是不是？妳幹嘛這麼激動？」

「妳在說什麼？」黎貝嘉氣血直衝腦門。

「我說小孩子是妳跟他偷生的是不是？妳幹嘛這麼激動？」小喇叭故意重複一次，存心使壞。

「啊——」

黎貝嘉再也受不了，她衝動地上前撲了過去，想要撕裂小喇叭那張嘴，而小喇叭見狀，也不禁大叫：

「啊啊！打人了！RED 打人了！」

「貝嘉，不行！」戴碧想要抓住她，無奈只要扯到跟張仲倫有關的事，她就會失去理智。

此刻她就像發狂的母獅，想要守護她的小獅，而那隻小獅就是她的情人了。

戴碧根本抓不住，連站在她後面的艾茉莉都被黎貝嘉的拳頭揮到了。

「嗚……貝嘉，妳打到我了。」艾茉莉邊捂著鼻子邊哭。

「妳走開！」黎貝嘉怒吼著，要礙事的人離開。

「貝嘉！」

黎貝嘉哪管這麼多，她只知道要把小喇叭這張嘴撕爛，不許她再講張仲倫的壞話。

小喇叭不斷大叫，在休息室裡奔跑，其他藝人想要勸阻，但也有人試圖離開，畢竟情況太混亂，久留沒有好處。就在一團混亂時，門口傳來一聲暴吼——

※　※　※

「妳們在幹什麼？」

一記粗吼的聲音貫穿了他們，甚至讓正抓著小喇叭、拳頭幾乎要落下來的黎貝嘉都停了下來。

門口站著的是綜藝界的大哥邱哥，他正鐵青著臉瞪視這一票小朋友。

而站在邱哥後面的，竟然是——張仲倫？

引起爭端的男主角就出現在眼前，眾人面面相覷，連黎貝嘉也傻住了，她竟然在他面前模樣狼狽、形象全毀！這這這……

「妳們是來錄影的，還是來吵架的？而且妳們這兩個女孩子，竟然打架？這樣像話嗎？」邱哥直指著黎貝嘉和小喇叭，小喇叭不服氣地站了起來，指著黎貝嘉：

「是她打我的，我沒有打她！」

「妳打小喇叭？」邱哥的眼睛望向她，黎貝嘉慌了起來。

「我……我……」

「妳是來工作的，還是來打人的？在這裡打架，像什麼話？而且妳們又是女孩子，傳出去能聽嗎？說，妳為什麼要打小喇叭？」邱哥向黎貝嘉問道，黎貝嘉期期艾艾地說不出話來。

「我……我……」

黎貝嘉慌了，她想解釋，卻說不出口，再加上小喇叭於一旁推波助瀾，貼到邱哥的身邊道：

「邱哥，您要幫我評評理，那個黎貝嘉打我，把我打成這樣，您看，她打我這裡，還有這裡。」她不斷指著身體各處。

「不是這樣的……」她虛弱地叫道。

「妳還敢講？打人就是不對，妳還有理由？」邱哥怒視著黎貝嘉，彷彿她是個專門給人家找麻煩的搗蛋鬼，責備的眼神令她心慌，而一旁的張仲倫，也在看著她……

為什麼……總是在她最狼狽的時候，被他看到？

她想說明，但是不行，她不能說，為了他受委屈沒關係，但是……他在看她，他在看她……

黎貝嘉的呼吸紊亂起來，他也在責備她嗎？他也在怪她嗎？她做錯了嗎？

彷彿被他的眼神狠狠搧了一巴掌，黎貝嘉疼痛難忍，被人責備沒有關係，但是……他……不行！

「對不起……」

再也忍不住，黎貝嘉捂住嘴巴，從大門逃了出去。

「貝嘉！」艾茉莉見狀，驚叫起來，她和戴碧兩人極有默契地跟在她後面追了上去。

※　　※　　※

「嗚……嗚……」

在電視臺的僻靜角落，平時甚少人來到這裡，此時傳來嗚咽的聲音，還有女孩子的說話聲。

「貝嘉，好了，別哭了。」

「要是不甘心的話，等等再回去揍小喇叭。」

「戴碧，妳怎麼這樣！還教貝嘉揍人？」艾茉莉埋怨道，戴碧則淡淡道：

「有話就要說清楚，妳在這裡哭，他又不知道。」

「我……我……」只有好友才了解她的委屈，黎貝嘉哭得更凶了，「要怎麼講？怎麼講嘛……嗚嗚……」

剛才的情況那麼混亂，再加上張仲倫就在旁邊，她的確很難開口。

「那妳就繼續在這裡哭吧！」

「拜託！」艾茉莉叫了起來。

聽起來戴碧似乎相當無情，嘴裡盡沒好話，不過她其實是不懂得安慰的技巧，要不然也不會在黎貝嘉跑出來之後跟著追出來。

「妳們不要再說了……」黎貝嘉抽抽噎噎道。

「貝嘉……」

一陣響亮的腳步聲從後面傳來，穩重踏實的聲音，聽起來是個男人，艾茉莉和戴碧兩人轉頭一望，竟然是……

艾茉莉猛拍黎貝嘉的肩膀，黎貝嘉一點也不領情。

「貝……貝嘉……」艾茉莉口吃起來。

「妳們……先……走開。」

「好，我們先走開。」戴碧拉著艾茉莉就要走，艾茉莉正想說什麼，戴碧已經捂著她的嘴先離開了。

黎貝嘉還在哭，她哭得很傷心。奇怪……明明她們已經離開了，為什麼後面還有人靠近的感覺？

「我不是說妳們先走開嗎？啊……」黎貝嘉一轉身，整個人呆在原處，連哭也忘了哭了。

第六章

黎貝嘉目瞪口呆地看著來人，竟然是張仲倫？幾絲瀏海微微遮住了一邊眼睛，讓他看起來有幾分桀驁不馴，像隻原本站在遠方孤傲的狼，帶著神祕且蒼鬱的氣息，突然站到了她的面前。

……半晌，黎貝嘉才醒過來。

糟糕！她哭得妝都花了，頭髮也亂了，她竟然這樣被他看到——門在哪裡？她要趕快跑走！

黎貝嘉一轉頭，才發現她身後都是牆壁，她正在角落中，哪裡都去不了。

不得已，她只好回過頭來，看著張仲倫，傻愣愣地道：「你……你怎麼會在這裡？」

「妳還好吧？」

他竟然問她好不好？她有沒有聽錯？黎貝嘉站在心儀的偶像前面，不斷扭絞著手指，手指頭都快被她扭斷了。

「我……我……」

「我都聽說了。」

「什麼？」黎貝嘉倏然抬起頭來，迎上了他的眼眸。

「剛剛在休息室發生的事，我都知道了。」張仲倫沉聲道，祕密是守不住的嘴巴，會自動說出去。更何況在演藝圈，不用水果週刊報導，早就已經八卦滿天。

黎貝嘉困窘不已，被發現了嗎？被他發現她的心事了嗎？她不安地道：

「那個……我只是看不過去……他們那麼說你……」她吞吞吐吐，雖然理直，氣卻疲弱不堪，彷彿她才是那個理虧的人。

「無所謂。」他淡淡道。

黎貝嘉疑惑地看著他，忘了自己的委屈，大膽地上前說道：

「怎麼可以無所謂？他們在詆毀你耶！那是你的名聲，怎麼可以讓他們這樣汙辱？」她怒氣沖沖，跟剛才受盡委屈的模樣判若兩人。

見到她這麼激動，張仲倫倒有些訝異了。

「妳這麼激動做什麼？」

「呃？這個……哈哈……我……我是你的影迷嘛！」她紅著臉道。

「妳是我的影迷？」張仲倫更加訝異了。

「對啊！我從小就看你演的電視劇喔！呃……不是，我是說，從你出道的時候，我就一直在看你演的電視劇喔！還有電影，還有你製作的戲劇，我都很喜歡，像D

臺的《藍天》，是你主演的吧？那部戲很棒喔！」提到張仲倫的作品，黎貝嘉破涕為笑，整個人神采飛揚起來。

「連那部妳都有注意？」張仲倫頗為驚訝，那部戲陣容不大，卡司也不夠，在影劇界頂多占個小版面罷了，她竟然連這個都注意到？

「嗯嗯，你的每一件事我都有注意，而且網路上的後援會，我也是會長喔！不過現在比較沒空，所以由副會長帶領粉絲出席你的活動。」黎貝嘉將自己的一切全盤托出。

「謝謝妳的支持。」

「還有……」黎貝嘉決定趁此機會說明……好緊張，她真的好緊張，深吸一口氣，生怕出現差錯，破壞這個表白，她努力道：

「我會進演藝圈，都是因為你。」

「我？」張仲倫面露疑惑。

「是的，我會進演藝圈，都是因為你，為了能跟你面對面，我想盡辦法，努力爭取機會，終於能在你面前，跟你講話。」她終於說完了，她終於把心中想說的話說完了，黎貝嘉吐出一口氣。

張仲倫聽完後，只是盯著她看，嚴肅的眸子讓人讀不出他的思緒，黎貝嘉緊張地回望著他。

半晌，他終於開口了：

「謝謝妳的支持，不過能進演藝圈，我想是因為妳本身的努力，所以才能爬到現在這個位置。」RED的興起也算是奇蹟，短短時間內已經打入中國、新加坡，攻占華人市場。

「不、不光是這樣。」

「嗯？」

「那個……那個……」更深層的情感要怎麼說出口？黎貝嘉神態扭捏，欲語還休，整個人局促不安，然而她的雙頰泛紅，整個人像在透光，怎麼回事？這裡並沒多少光線，為什麼她整個人像個發光體？

張仲倫愕然地看著她，感到心底微微發燙，這種感覺……這種感覺……對了！在海邊的時候，也曾經有過。

但是……怎麼會……

「黎貝嘉，妳在這裡啊！快要錄影了！妳快點去準備！」一個工作人員找到了她，在遠處朝著她大喊，並未注意到兩人的變化。

被工作人員一叫，黎貝嘉彷彿大夢初醒，想到自己剛才就要泄底了，不禁面紅耳赤，連忙轉身好遮掩她的窘態：

「我……我先離開了。」

說完，她隨即跑掉。

※ ※ ※

怎麼回事？他竟然會留下來看她錄影？

張仲倫站在角落，看著棚內正在錄影的黎貝嘉，她和另外兩個成員正在玩遊戲，臉上的淚痕已經消失，重新上過妝，整個人看起來容光煥發，跟剛才的哭臉很不一樣，這樣子……比較適合她吧？

「仲倫，還沒回去啊？」邱哥在空檔時間發現了他。

「嗯，看你們錄影。」

「看什麼錄影？要不然就下來一起錄，我幫你安排特別嘉賓。」邱哥熱情道。

「不用了，我等一下就要走了。」

「沒關係，你是怕我不給你通告費嗎？沒關係，製作單位不給的話，我給。」

「不是這樣……」

「還是因為剛才那件事？」在其他人的說明之下，邱哥了解了事情原委，甚至連隔壁棚發生的事情都知道了。「反正你這傳聞也不是一天兩天的事了，你還在介意嗎？別想那麼多了，就進來玩玩吧！」邱哥在演藝圈的資歷已經超過二十年，什麼大風大浪沒見過？

盛情難卻，加上張仲倫和邱哥認識多年，交情也不淺，再拒絕就說不過去了。

「好吧！」

「那就走吧！」邱哥將張仲倫帶到場中央，現場的藝人都有點訝異，在今天發的通告上，並沒有張仲倫呀？

「邱哥，這是……」邱哥身邊的助理主持人好奇地上前詢問，就連旁邊的戴碧、艾茉莉也拚命對黎貝嘉暗示，而後者在看到張仲倫進場時就已經呆掉了。

「仲倫原本在隔壁錄影，錄完之後來看我，我就把他帶過來玩一玩，等會兒我會以特別來賓的方式介紹他進場，我們補錄一段就可以了，還有，等一下安排他玩個遊戲。」

邱哥主持的是娛樂綜藝節目，節目中不乏美女、遊戲、歌唱之類，他謔而不虐的主持風格廣受歡迎，在週末的黃金時段穩坐寶座。

「我知道了。」

「那等一下是玩什麼遊戲？」

「等一下是夾夾樂。」那是一種在桌子上擺著烤麵包機，當設定時間一到，吐司會自動彈跳起來，而在桌子兩側的藝人要利用臉去夾住。這通常都是男女對夾，以曖昧增添樂趣。

「那好，等等就幫他安排一下，那就……黎貝嘉好了。」邱哥環顧一下四周，點了個人選。

聽到消息的黎貝嘉驚訝不已，雙眸睜到不能再睜，大到可以把龍眼塞進去了。

她竟然可以跟張仲倫玩遊戲……

這可是天大的好消息，艾茉莉和戴碧見到黎貝嘉的呆樣，都吃吃地笑了起來，這下回去可以好好糗她了。

張仲倫也愣了一下，會不會太敏感？

「邱哥，這樣不好吧？剛才……」他小小聲道。

「好歹人家剛才也幫你講話，替你主持公道，你就跟她玩一下，沒有關係的。」邱哥大方地道，他這個人一向不拘小節。

「這……」

「就先這樣了，你今天怎麼怪怪的，一直拖拖拉拉，一點也不像你。」邱哥重重拍了他一下。

「好吧！」

於是在邱哥的安排下，節目並沒有中斷，只是補錄一個橋段，安排張仲倫進場，並參加遊戲。

由於緊張的關係，麵包根本夾不到，不但掉了好幾次，而且黎貝嘉和張仲倫的臉不斷地接觸到，這搞得她更加緊張，屢屢失誤。

但這些失誤卻變成了節目效果，製作人私底下安排，在節目預播之前，要不斷用這個橋段打廣告。

※　　※　　※

啊啊啊！她跟他「面對面」接觸啦！

黎貝嘉摸著臉，發誓再也不要洗臉了。她的右臉和他的左臉，竟然可以碰在一起？一定是上天在眷顧，黎貝嘉整個人都處在亢奮中，激動到連危險接近都不自覺……

「過來！」一個男人粗暴地捉住她的手，直往外頭走去。

「啊……是你……」

「那個……那個……」艾茉莉指著將黎貝嘉拖走的男人，正要叫起來，戴碧卻制止了她。

艾茉莉驚駭地看著戴碧，不解她為什麼要制止她。只見戴碧朝場中央走去，此時藝人已經散得差不多了，都領完通告費回家了，只剩下幾個人在聊天，她朝正在和邱哥講話的張仲倫走去。

「張仲倫，過來一下。」戴碧向來直言。

「嗯？」

「過來。」戴碧乾脆將張仲倫拉走，惹得邱哥一記白眼，現在的年輕人是怎麼回事？連禮貌都不顧了嗎？

張仲倫也搞不清楚怎麼回事，他跟戴碧並不熟呀？唯一有關聯的是和他合作過的黎貝嘉，如果要找他的話，也應該是黎貝嘉才是，為什麼戴碧要緊抓著他往棚外走？

「有什麼事嗎？」他客氣地詢問。

「那邊。」

戴碧將手指向長廊的另外一頭，看到黎貝嘉正被一個男的硬拖走，而黎貝嘉看起來似乎是被迫的……

她有危險？

張仲倫連詢問都來不及，便追了上去。

見到他衝向前，戴碧的嘴角揚起了微笑。

「原來如此……」艾茉莉點了點頭。

張仲倫跑上前，並沒有看到黎貝嘉，心中開始焦急，她該不會出事了吧？他左右張望，發現她正被那個男人拖出左邊的側門，他追了上去。

「妳在做什麼？」男人咆哮的聲音從外面傳了進來。

這裡是電視臺的側門，外頭就是圍牆，由於出入不便，所以很少人過來，不過倒是常成為明星們躲開狗仔的好地方。

「我哪有做什麼？」

「還說沒有做什麼，我都看到了！妳有沒有搞錯？竟然和他那麼靠近？妳不要命了是不是？」

張仲倫推開玻璃門，氣勢凌厲地站在他們面前，男人愕了一下。

「有什麼事嗎？」他看著黎碩庭，謹慎地問道。雖然沒有和對方打過交道，不過也知道是在演藝圈混的。

「喲！你也來啦？」黎碩庭冷冷地瞪著他。

「放開她。」看著黎碩庭緊抓著黎貝嘉的衣領，似乎打算對她動粗，他皺了皺眉，想也不想就將黎碩庭的手撥開。

好痛！

黎碩庭痛得冷汗直流，這個張仲倫竟然把他的手往後折，要讓他骨折是不是？他連忙鬆開手，才解除斷手的危機。

「你在做什麼？」黎碩庭看著他，怒吼道。

「妳沒事吧？」張仲倫先檢查黎貝嘉，她看起來似乎有些倉皇，是被黎碩庭嚇到了吧？

「沒事、沒事。」她哪有事？她高興死了。

確定她沒事後，張仲倫才將注意力拉回眼前的男人身上，他對黎碩庭說道：

「你想對她做什麼？」

「這句話應該是我問你吧？你竟然對她做出那種事？你有沒有搞錯？你竟然敢動她？」黎碩庭甩了甩手，不滿地咆哮。

「動她？」張仲倫更不解了。

「剛剛我都看到了，你竟然在大庭廣眾下，對她做出那種事？說，你要怎麼對她負責？」

「Jerry，你不要這樣……」黎貝嘉羞憤得直跳腳。

「妳還敢說！跟他貼臉貼得那麼近，不要臉了是不是？妳到底知不知道什麼叫可恥呀？」

「你……」

「請你放尊重一點！我跟她並沒有什麼，那也不過是節目效果——倒是你，跟她道歉。」張仲倫解釋著，對黎碩庭的行徑感到不滿，同時也悄悄升起一股他不了解的憤怒。

「跟她道什麼歉？」黎碩庭不滿地瞪著黎貝嘉，黎貝嘉乾脆躲到張仲倫後面去。

見她如此懼怕他，張仲倫更加憤怒了。

「你對黎貝嘉這麼無禮，應該跟她道歉。」

「要道歉的是她，根本忘了我跟她講的話。貝嘉，過來！」黎碩庭見黎貝嘉躲在張仲倫後面，更加生氣了。

「不要！」

「過來！」

「不要！」

「我要妳馬上跟我回家！」黎碩庭再也忍不住，對她大吼，這聲巨吼令張仲倫內心一驚。

她跟他住在一起……那他們是什麼關係？

明知道他沒有資格質問，連產生念頭都顯得太逾越，但是……心中情緒相當複雜，像是酸甜苦辣全倒在一起。

而身後的黎貝嘉可憐兮兮，畏怯的模樣像隻無助的小貓……

就算他沒有資格干涉，但如果有人欺負她的話，他也是不允許的，所有的情緒迅速發酵，成為強大的氣體。

「我不……啊！」黎貝嘉一聲尖叫，原來黎碩庭趁她不注意時，硬抓了她的手臂。

不過更快的一記慘叫聲響起——

「啊！」

黎碩庭不知道他到底是怎麼黏在牆壁上的，他只知道有個力量將他的手腕帶開，然後他整個人就跟牆壁相親相愛了。

他驚異地回過頭，看著張仲倫……

「你……」

「不要動她。」儘管沒有資格介入，他還是不允許她受傷害。

「身手不錯嘛！你……」驀地他餘光一閃，見到找他的三名團員全都過來了，依時間推算，他們應該看到了剛才的狀況，而且悄悄地向門邊靠近，他朝他們使了眼色，喊了起來：

「兄弟們，上！」

※　　※　　※

「你們全部給我道歉！」

韋澤對著他手下的四名大男孩大吼，他的聲音迴盪在看診的醫院裡，而翁瑞豪還在那邊嘻皮笑臉：

「韋哥，你這樣太大聲了喔？」

韋澤殺人的目光瞪了過去，T4全部噤聲不敢開口，並且動作整齊劃一，朝著在前面坐著的張仲倫鞠躬，齊聲說道：

「對不起。」

「Allen，真的很抱歉。」韋澤朝張仲倫道歉，他跟張仲倫也算是舊識，是同期出道的，不過韋澤後來改行去當經紀人，並挖掘到T4這發光卻又令人頭痛的寶，而張仲倫則繼續在演藝圈載浮載沉。

「沒關係。」

「什麼叫做沒關係？你都受傷了。」黎貝嘉不服地叫了起來，此刻張仲倫的衣裳有些凌亂，手腕的部分因為扭到而包紮起來，不過和另外四個大男孩比起來，他的傷勢算是最輕了。

瞧瞧T4，有的傷到了臉，有的腳去扭到，有的腰桿挺不起來，打人的反被揍得更淒慘……

「貝嘉，妳有沒有搞錯？竟然胳臂向外彎？」黎碩庭不服地叫了起來。

「誰叫你無緣無故亂打人！」而且還是打她最喜愛的張仲倫，她當然倒戈了。

「那是……」

「還有什麼好說的？你們簡直是太亂來了，事情沒搞清楚就亂開砲，還想揍Allen，要不是Allen手下留情，你們還活得了嗎？Allen出道的時候，就是武行出身的，你們想偷襲他？門都沒有！」韋澤趁機教訓他們，告誡他們以後不准再亂來。

呃……四個大男孩嚇出了一身分汗，武行出身的……通常都不是好惹的角色，而他們竟然還……

「阿韋，算了！」張仲倫開口了，他站了起來，走到黎碩庭的面前。

黎碩庭已經不算矮了，T4成員起碼都有一百八十公分以上，但為什麼張仲倫站到他面前時，他還得抬起頭來呢？

「你是黎貝嘉的哥哥？」

「對……堂哥。」

那他的心情，大概也可以理解了，胸口的擔子突然解除，他竟然有種鬆口氣的感覺。

「你一定是個好哥哥。」他微笑起來。

「啊？」

黎碩庭滿頭霧水地看著他，他們攻擊他（雖然最慘的似乎是他們四個），他竟然沒有動怒的樣子，還在那邊笑？

「Allen，抱歉，你好好休息吧！我先把這四個帶走。」韋澤將這群不知輕重的大男孩帶走了。

T4離開之後，戴碧也拎著艾茉莉準備離開。

「戴碧，等一下，貝嘉還沒有走耶！」她叫了起來。

「閉嘴！」

閒雜人等走後，黎貝嘉終於有時間和張仲倫獨處。

這是一間私人診所，是個具有高度隱私的空間，所以許多演藝人員如果身體抱恙，都會優先來這裡看診，以免受到打擾。

所有人都離開之後，黎貝嘉站在張仲倫面前，怯怯地開口：

「對……對不起。」

「嗯？」

「我不知道我哥他會那麼衝動……真的很對不起。」她鞠了九十度的躬，非常不安。

「沒關係，不過……黎碩庭是你哥？」這件事倒令他訝異。

「對，不過我們都沒講，不講的話，人家也不會聯想到我們有親戚關係，畢竟演藝圈同樣姓氏的也不少。而且在圈子裡，我跟他有時候都會叫英文名字，別人不一定清楚關係。」

「原來如此。」

「真的很對不起，我不知道他會這樣對你，你……還好吧？」看著他手腕上的紗布，她可心疼死了。

「還好。」

「那你的工作怎麼辦？」

「最近工作量不大，應該還好。」張仲倫動了動手腕，這是一剛開始被翁瑞豪偷襲，他沒注意，才扭到了手，等到他反應過來時，身體早就隨著本能反應，把那幾個大男孩打倒在地了。

「那你平常一個人的時候呢？」

「我一個人……應該沒問題。」他遲疑著。

「我去幫你吧！」

話一出口，黎貝嘉都被自己的話嚇了一大跳，這話要是被黎碩庭聽到的話，她一定又會挨罵的。

「這……不用了。」聽到她這麼說，張仲倫愣了一下。

「沒關係、沒關係。」反正話都說出口了，頭過身就過……不，不對，最困難的先開口，之後就沒什麼負擔了，打鐵得趁熱，要不然都沒進步。「你如果不讓我幫忙的話，我會很愧疚的。」連這種違背良心的話都說得出口，黎貝嘉覺得自己真是大膽。

「這……」

那種發光體又出現了，只要看著她，就可以感受那份溫暖，像是被輕柔的海水拍打，漸漸敲碎心防……他鬆了口：

「好吧！」

第七章

這裡就是張仲倫的家啊？黎貝嘉好奇地張大了眼睛，左右張望，整棟屋子乾淨得叫人難以置信，男人的家能夠這麼清爽？不過現在有鐘點女傭，所以也有可能是別人打掃的……黎貝嘉搖搖頭，制止自己的胡思亂想。

總算踏進他的家了，這讓黎貝嘉從頭到尾都興奮起來，嘴角也掩飾不住笑容。為了不讓他發現自己太過開心，黎貝嘉連忙把頭壓得低低的。

「把東西放在桌上就可以了。」

「這些都是食物，我幫你把它放到冰箱好了。」不待張仲倫說明，黎貝嘉走進開放式的廚房。

「不用麻煩了。」

「沒關係、沒關係，不麻煩。」她打開冰箱，並且將買回來的食物一一塞了進去。見她泰然自若地在屋內走來走去，看著她的動作，儼然已經是這個家的女主人，張仲倫感到心中好像有什麼異樣，像顆熱球在胸口滾燙，幸福……好像悄悄降臨……

他壓下那種渴望，那只不過是想像作祟罷了。

將食物擺好之後，黎貝嘉將帶來的袋子收拾整齊，察覺到他的目光，發現他正在看她，她朝他一笑，隨即又低頭下來。

那含羞帶怯的模樣，讓他胸口一熱。

而低頭的黎貝嘉則是緊張開心到無以復加，她總算……踏進他的世界了。以前那些遠距離接觸通通不算，現在的她，才算是真正和他開始。

「那個……你要不要喝什麼？」黎貝嘉藉由講話來解除尷尬的氣氛。

彷彿他是這個家的客人，而她才是主人似的，張仲倫在心裡想著，並沒有表示出來。

「開水好了，杯子在上面的櫃子裡。」

黎貝嘉伸手，取下杯子，洗淨之後，倒了杯開水。

卸除明星光環之後，他們也不過是普通人，和他過著平凡而美好的生活，正是她所嚮往的。

黎貝嘉手裡拿著杯子，發覺自己有些抖，連忙做了個深呼吸，命令自己平靜下來。

從廚房走了出來，她將杯子放到張仲倫面前。

「謝謝。」張仲倫朝她道謝。

「不客氣。」

兩人四目交接那一刻，耳邊彷彿傳來火花的聲音，是耳鳴了嗎？怎麼覺得眼前的畫面像是電影膠片般，慢慢地，一格一格地移動，她看到張仲倫的手伸了過來……在她面前約一公分處停了下來，即使已經隔著一小段距離，從指尖透過來的溫度仍傳到她的皮膚……

意識到自己做了什麼時，張仲倫大為駭然，整個人往後縮，狼狽地把臉別過去。

空氣像被煮過似的，開始滾燙，焚燒著兩人。

「咳咳……」在這個情境裡，最先醒過來的反而是黎貝嘉，她大口呼吸，將體內那股燥熱壓了下去，「那個……冷氣在哪裡呀？」

「遙控器在那邊。」張仲倫指著電視旁的音響。

黎貝嘉走過去將遙控器拿了起來，對著冷氣按下開關，並調到自動的狀態，才放了下來。

尷尬的氣氛，稍微緩和了一點。

「我弄點東西給你吃好不好？」黎貝嘉問道。

「這樣太麻煩了。」

「沒關係，一點都不麻煩，我買的只是冷凍食品，微波之後就可以吃了，下次我再煮給你吃。」黎貝嘉不讓他有拒絕的機會。

「嗯……好吧！」

「那我去準備了。」黎貝嘉蹦蹦跳跳回到廚房，像隻快樂的百靈鳥，在廚房裡哼著歌，開始弄起料理來。

她想像這一刻已經很久了，打從第一次見到他，她就幻想要在一間屋子裡，親自煮飯給他吃……雖然跟想像的有點差距，不過沒有關係，結果都是一樣的。

她所做的一切努力，包括成為偶像明星，都是為了他。

而如今，終於夢想成真，她的心中充盈著幸福的感覺。

※　※　※

「然後呢？」

「什麼然後？」黎貝嘉不解地望著戴碧，削著蘋果的手停了下來。戴碧正躺在病床上，左腳打上石膏，動彈不得，只能讓人服侍，而艾茉莉也不解地望著她。

簡言之，她們現在正在醫院。

此刻 RED 三個人的活動暫時延期，戴碧在昨天的義賣會之後，不慎出了車禍。據警方提供的線索，她的摩托車煞車線有被剪過的痕跡，這是造成她出車禍的原因。

不過戴碧福大命大，除了多處擦傷和左腿骨折之外，性命並無大礙，真是不幸中的大幸。

既然不用上通告，黎貝嘉索性就跟艾茉莉來醫院陪戴碧聊天，要不然也沒事做。

「妳該不會吃完飯就回家了？」

「對啊！」

「一點進步也沒有。」戴碧不客氣地批評。

「要不然要怎麼辦？叫我厚著臉皮留下來嗎？我還沒那麼大膽，要求留下來過夜，而且他也沒講。」黎貝嘉有點氣惱，似乎對不能留下來過夜一事感到相當可惜。

「聽起來他滿保守的。」艾茉莉提出自己的想法。

「對啦！跟妳的孟庭威一樣。」戴碧冷不妨又丟了一句，搞得艾茉莉抗議起來：

「幹嘛提到他啦！」

「誰叫妳和他在一起的時候，都沒跟我們講，竟然是孟庭威公開在慶功宴向妳表白，我們才知道。」黎貝嘉當然清楚戴碧的不滿，年紀最小的艾茉莉，竟然惦惦吃三碗公，保密到滴水不漏。

「那個……那個……戴碧還不是一樣，跟姚君翔在一起，我們都不知道，還是週刊將照片刊出來我們才知道。」人被欺負久了，也是懂得反擊的。話一說完，艾茱莉就跑得遠遠的。

戴碧臉色難看地瞪著她，要不是行動不方便，她早就衝上去教訓她。

「茱莉！」她叫著站在門口的艾茱莉。

「什麼事？」

「過來。」

「不要！」白痴才會過去。

「妳給我過來！」

「不要！打不到！打不到！」艾茱莉躲戴碧躲得遠遠的，對於戴碧教訓不到她一事，得意洋洋。

而黎貝嘉則想著艾茱莉的話，如果他真的那麼保守，那她可得積極一點，努力打進他的世界，反正都做到這個地步了，不是嗎？只差一點點——每次都是這個想法，激勵她不斷向前。

※　　※　　※

「Allen、Allen……」

「什麼事？」張仲倫如大夢初醒，對陳曜回話。剛才他正在思考劇情走向的編排，自然而然地忽略周遭的聲音。

他現在正在拍《紅豆情人》的現場，這部戲走精緻路線，就連演員也是一時之選，像是姚君翔、童夢唯，都是一時人選。其中，姚君翔最近在追RED的戴碧，張仲倫也有所耳聞，不過倒沒那麼八卦，直接問黎貝嘉就是了。

「你有沒有在聽我講話？『晶采』那邊還想跟你簽下年度的代言，你到底考慮得怎麼樣？」陳曜不耐煩地道。

「再說吧！現在就講明年的事，不會太早嗎？」他站了起來，看著演員對戲的狀況，待會就要開拍了。

順利的話，下午就可以拍完。

到時他得早點回去，某人跟他約好了。平常都是外食的他，今天可以吃到家常菜了，而且某人要親自做料理給他吃，他期待著……

一想到此，張仲倫的嘴角不禁揚起一抹幾不可見的微笑。

站在他身後的陳曜並沒看到，他只是繼續不耐煩地道：

「你對『晶采』沒有興趣嗎？」

「下次代言的對象，還有誰？」

「這個就不確定了耶……我可以幫你問問看——這跟你接不接代言有關係嗎？」

陳曜好奇地問道。

「跟你比較有關係吧？」張仲倫反擊回去，他知道陳曜最近追關庭荷追得可勤了。

「嘿嘿……你我心知肚明就好。」陳曜笑了起來。

「那就先祝你成功了。」張仲倫沒有工夫理他，他得趕快把這場戲拍好，要不然下午會來不及。

陳曜忽然摸起胸前的口袋，然後走到旁邊，接起電話，接著又回到張仲倫身邊。

「Allen，你的電話。」

「我的電話？」張仲倫挑眉問道。

「你母親打來的。」

※　　※　　※

提著一大袋食物，黎貝嘉來到了張仲倫家中。她跟他聯絡過了，他今天會在家，她跟他說好，要過來煮給他吃。

說起來，自己真是大膽呢！

上次離開他家裡之前，她鼓起勇氣，要了他的手機號碼，本來她也沒有把握他會不會給她，沒想到他不但留給她，而且在她後續的詢問下，她還可以過來找他。

主動出擊，成功！

為了避免其他人發現，今天她不但素顏，連衣服也只是隨便的襯衫和牛仔褲，原本一頭快及腰的長髮，她也隨意地紮在腦後，只有前面瀏海放了下來，戴上一副大大的黑粗框眼鏡，這樣是有點土，不過為了維護兩個人的隱私，必要時她還是會做出犧牲的。

看了看手錶，已經快三點半了。

他三點收工，從片場開車到這裡差不多二十分鐘，再加上塞車什麼的，起碼要半小時。

等待的時間很無聊，不過黎貝嘉一點也不以為意，等一下就有很多時間可以跟他相處了。

喀嚓！

咦？門怎麼有聲音？原來他早就回來啦？黎貝嘉彎腰拿起食物，轉過頭打招呼：

「Allen，我來了，我這次有買一些食材，這樣我們晚上就不用吃微波食品了……」

「阿姨，妳是誰？」

黎貝嘉腰都來不及挺起來，就見到一個樣貌清秀的小男孩站在她面前，她眨了眨眼，她……走錯間了嗎？

沒等黎貝嘉回答，小男孩對著屋內大叫：

「阿嬤！不是爸爸啦！」

爸爸？

轟！

黎貝嘉感到自己像爆炸了，她整個人被震到遙遠的宇宙，丟到黑洞……半晌之後，才慢慢恢復過來，眼前也才從黑暗轉到光明，所有的感官才開始啟動，而聽覺也開始正常運作。

「辰辰啊！快點進來。」一個略為蒼老的聲音傳進耳朵，她朝屋內一看，一名上了年紀的婦人走了過來，客氣地問道：

「小姐，請問妳找誰？」

「那個……我……我……」過度的吃驚讓她說不出話來，而張母則等著黎貝嘉的回答，辰辰也站在奶奶身邊，看著這個莫名其妙的阿姨。

來不及了！

張仲倫回來的時候，就是看到這一幕。他已經飛快地趕回來了，沒想到還是讓她們遇上了。

她知道了吧？

心痛在這時候開始發作，他以為他早就做好了心理準備，沒想到在看到幸福遠去時，還是忍不住陣陣抽痛。

迅速將車停在一旁，他從路邊走了過來，辰辰見狀，開心地跑了上去，衝到張仲倫的身邊。

「爸爸！」

要再抱起十二歲的兒子的確是有些吃力，張仲倫僅將他擁在懷裡，便牽著他進屋子，而張母則連忙衝到辰辰旁邊，不斷斥責著：

「辰辰，不是跟你講過了嗎？不可以這麼大聲！」

辰辰被奶奶一訓斥，吐了吐舌頭。

「媽，妳跟辰辰先進屋，我等一下就進去。」張仲倫對著母親說道。

張母了解地望了黎貝嘉一眼，隨即牽著辰辰進屋。

張仲倫走到黎貝嘉面前，不知道要怎麼跟她解釋，他的情感向來謹慎而內斂，而母親突然帶辰辰上臺北，說要給他驚喜，等他接到電話時，他們已經在家中了。

這讓他慌了手腳，不知道怎麼開口，既然她都知道了，那麼……

「這個……給你，」黎貝嘉低著頭，將袋子交給他，「我……我先走了。」

果然，與他無緣。

張仲倫的眼神黯了下來，眸裡有太多複雜的情緒，如果仔細看的話，會發現裡頭正如狂嘯的大海，狂潮般的情感正在不斷拍打。

但是他沒有讓它傾洩出來，他隱藏得很好，他一向如此。

他沒有解釋，他什麼都沒說，他也沒有留她……如果他可以跟她說明的話，就算是謊言，她也會相信的，可是……他什麼都沒有說。黎貝嘉摀著胸口，感到那裡正在破碎。

「再見……」困難地吐出這兩個字之後，她旋即跑走。她跑得是那麼的快，彷彿恨不得跑出他的生命。

見狀，張仲倫再也忍不住，悄悄握起拳頭……

「阿倫，那個小姐呢？」張母打開門後，見到只剩兒子，不禁有些詫異。

「她離開了。」

「你手上這是什麼？」張母驚訝地從兒子手中接過那個印著超市名字的袋子，一看，裡頭都是些生鮮食材。看來，剛剛那個女孩子，是想過來做飯的。

她是不是來錯時間了？

※　※　※

不可能！不可能！

黎貝嘉奔跑在大街上，連隨意綁在後面的頭髮也瘋狂地飛散，意圖掙扎出束縛；那副眼鏡也早在她奔跑時，就不知掉到哪裡去；而她的心……更是早就遺落，再也不屬於她了！

「啊——」

顧不得一切，她在人群中大叫，眾人只看到一個失心瘋的女孩子，並沒有看清她正是當紅的偶像黎貝嘉。

她不斷奔跑，不斷奔跑，要跑到哪裡去，她不知道，她只是不斷奔跑、奔跑……

一直到她倦了，她停了下來，雙手摸著膝蓋，然後，抬起頭來，又是奔跑……

她要去哪她不知道，她能夠去哪她也不知道，她建構的世界正在逐漸崩坍，她已經失去動力了……

為什麼會這麼痛？為什麼？

他跟她，不就是偶像跟粉絲的關係嗎？但是她……為什麼這麼痛？他已經有小孩了，他已經結婚了……那些都沒關係呀……她還是他的粉絲啊！不是嗎？不是嗎？

但是……她愛他呀！

對，她愛他，她愛他愛了很久很久……久到連自己都相當訝異，她一直以為，只要她努力，只要她到他身邊，她和他就會有結果的。

結果，那些流言都是真的。

她以為流言都是不可信的，她被愛情矇蔽了眼睛，看不清事情的真相，她真是笨蛋！笨蛋！笨蛋！笨蛋……

由於跑得太過劇烈，她腳步一個不穩，踉蹌跌倒在地。

心……好難過……是因為跑得太快的關係嗎？黎貝嘉不斷流著淚，捂著胸口，大口喘息……

「鈴鈴……」

手機的音樂鈴聲響起，黎貝嘉看不清眼前，顫抖著把手機從隨身袋子中拿出來，本來想將它關掉，沒想到卻按到通話鍵——

「喂！貝嘉嗎？我是姚君翔！我想問妳，戴碧什麼時候出院啊？」

黎貝嘉拿著手機，找不到關機的位置，找不到……她一直在哭、一直在哭……

「貝嘉？妳怎麼了？妳發生什麼事了？喂喂喂——」

該死的，關機鍵在哪裡？黎貝嘉找到了，卻激動地按成擴音鍵，反而放大了電話那頭姚君翔焦急的聲音——

「黎貝嘉，妳到底在哪裡？到底發生什麼事？妳不可以出事喔！我還等著妳告訴我戴碧什麼時候出院！喂喂……妳不要哭……不要哭了！妳到底在哪？我馬上過去！」

※　※　※

銀白色的車子劃過市區，離開了塵囂，來到郊外一間不起眼的咖啡店。外表雖然不起眼，裡頭卻布置得相當溫馨。

「來，你們的咖啡。」老闆將煮好的咖啡端了上來。

「阿其，謝了。」

阿其朝姚君翔笑了一笑，回到吧檯繼續工作，他和姚君翔算是舊識了，他開的這間店，剛好成為一些藝人們約會的隱密場所。

「這杯給妳。」姚君翔將其中一杯遞到黎貝嘉面前。

「謝……謝。」她激動到連咖啡都端不起來，已經快過一個小時了，她的身體還沒有辦法恢復。

「妳還好吧？要不要打電話跟戴碧講一下？」姚君翔拿起她的手機，被黎貝嘉捉住手，後者虛弱地制止：

「你不要……趁機看戴碧的號碼。」

「被妳發現了？」姚君翔訕訕道，搔了搔頭，「好啦！我不看，那妳到底是怎麼回事？怎麼在大街上哭？」

剛剛他花了極大的耐心，才聽清楚黎貝嘉究竟在哪條街上，趕緊駕著他那輛寶貝車子到了現場，將她帶走，要不然等別人發現當紅偶像 RED 的成員竟然當街哭得那麼慘，還不知道會惹出什麼麻煩。

黎貝嘉吸了吸鼻子，不知道要不要實話實說。

「不講也沒關係啦！頂多我以後不跟妳講張仲倫的行程罷了！」姚君翔一副痞子樣道。

他的經紀人和張仲倫的經紀人都在同一間公司，他要獲得張仲倫的消息是輕而易舉的事，而他也利用這一點，和黎貝嘉交換戴碧的情報。

姚君翔對戴碧的興趣，高過以前他所認識的所有女人；而黎貝嘉對張仲倫的喜愛，也不同於其他偶像，所以他們一拍即合，私底下常有聯絡。

此刻，他利用這個弱點，逼黎貝嘉吐真言。

沉默了一會，她總算開口了：

「你怎麼沒有告訴我，張仲倫他結婚了？」往後，她還會再關注他的消息嗎？

「什麼？」原本懶洋洋靠著椅背的姚君翔，這時候坐了起來，他收起吊兒郎當的態度，正經道：

「妳在說什麼？」

「該死！我告訴你那麼多戴碧的消息，結果你卻一直在騙我！」黎貝嘉將怒氣發洩出來，她捶了一下桌面，桌上的咖啡濺灑出來。她幫他追戴碧，他卻扯她後腿？

「我哪有騙妳？」姚君翔連忙否認。

「他小孩都有了！都十幾歲了！你還想騙誰？我就不信你不知道！」黎貝嘉越想越傷心，淚水又紛紛落下來。

「我哪有騙妳？妳不要汙辱我的人格！」姚君翔叫了起來。

黎貝嘉根本無心跟他吵架，她整個人完全被張仲倫影響，除了悲傷，沒有其他的感覺。

見她淚水又落了下來，姚君翔感到無奈。

「別哭、別哭！我告訴妳，張仲倫根本沒有結婚，真的！好啦！我告訴妳，我只聽說過他有一個兒子，不過他沒有結婚，真的，我可以發誓！」姚君翔高舉右手。

「真的？」黎貝嘉收起淚水。

「真的。」他加強語氣。

「沒有結婚的話，他哪來的兒子？」

「拜託！小姐，沒有結婚也可以有兒子好不好？」姚君翔輕蔑地看著她，被黎貝嘉狠狠地瞪了回去後，他才努力維持正經的態度：

「沒錯，一直有傳言說張仲倫結了婚，甚至有小孩，傳言到底是什麼？我並不清楚，但我可以肯定的是，張仲倫絕對沒有結婚，我甚至聽過，那個可憐的孩子沒有媽之類的話，所以他身邊肯定沒有女人！」

漸漸地，她可以聞到咖啡的香氣了，黎貝嘉鎮靜了下來。

「真的？」

「真的，我如果騙妳的話，就罰我……罰我……」

「罰你把妹都把不到好了。」咖啡店的老闆端著手工餅乾，無聲無息出現在他後面，並替他加了但書。

「臭阿其！」

第八章

難得的月色照在大地，張仲倫卻沒有心思欣賞，他在陽臺抽著菸，將煙霧吐進空中，眼前迷濛一片，他的心中也是。不過在雲霧深處，似乎有個發光體，而那個發光體，逐漸變遠……

他的眼神黯了下來，四周變得好冷。

「爸爸，你在抽菸喔？我要跟阿嬤講。」辰辰走到陽臺，看到張仲倫正在抽菸，作勢恐嚇。

見到兒子，那灰黯的眼眸稍稍出現一點光芒。

「你還沒睡喔？」已經十點多了。

「明天放假！阿嬤說明天就要回去了，我想多跟你待在一起嘛！」辰辰拉著他的手，親暱地賴在他身邊。這兩天剛好有假，他們才能上來。

「你什麼時候這麼會撒嬌了？」張仲倫寵溺地摸了摸他的頭。

「阿嬤說有話就要直說嘛！要不然別人都不知道你在想什麼……對了，爸爸，今天在門口的那個阿姨是誰啊？」辰辰忽然開口，讓張仲倫措手不及。

「什……麼？」

「就是下午來的那個女生，她長得一點也不漂亮，不過如果爸爸喜歡的話，沒有關係。」由於黎貝嘉並未化妝，也沒有打扮，僅是一張素顏，再加上一副黑色粗框眼鏡，對小孩子來說，一點吸引力也沒有。

張仲倫差點沒被自己的口水嗆死，他猛咳了幾聲，才轉頭看著這個人小鬼大的兒子。

「你在說什麼？」

「我本來以為你會跟女明星結婚，不過不是女明星也沒關係，普通的阿姨也可以。」

「誰跟你說我會結婚？」

「阿嬤啊！」

「為什麼？」他很好奇母親到底教了他什麼。

「阿嬤說以後我會結婚，然後只剩下你一個人，你會很可憐，所以你應該交女朋友，這樣以後老了才不會沒有伴。」

這個母親……到底教了他什麼呀！

張仲倫看著已經快上國中的兒子，儼然已經是個小大人，不能再將他當作小孩子來看了。

「我老了你就不要我嗎？」他打趣著。

「會啊！可是那時候我可能會跟你一樣忙，沒辦法照顧你，所以你結婚的話比較好，可以有人陪你。而且我已經長大了，不用人照顧，你不用擔心我。」十多歲的辰辰已經如此有自己的想法，張仲倫訝異地看著他，不知道自己究竟錯過了多少。

這些年來，他在北部發展，逢年過節才回去，和孩子相聚的時間不多，在情感上，他總是錯過……

「那不是你該想的問題，先去睡吧！」

「爸爸……」

「我等一下就進去了，乖。」

「好，那你要陪我睡覺喔！」雖然平常都跟阿嬤睡，但是極少跟父親相處的辰辰，想在上臺北的時候得到點彌補。

「好。」

※　※　※

「阿倫……我好痛……阿倫……」

女孩子淒厲的哭喊聲從遙遠的空間傳了過來，他冷汗一流，眼前迷霧瞬間散去，身材瘦小的若菲出現在眼前……

「若菲，妳忍耐點……」她的身邊有個人。

那個人是誰？是他？

「阿倫……」

張仲倫冷汗涔涔，不想面對過去，但時空的力量卻不讓他得逞，硬生生塞進他的瞳孔，將往日記憶放大……

那是他嗎？是的，那是他，是年輕的他、無助的他，那時候的他，徬徨無依，只能緊緊抓著若菲，想從這個虛弱的女孩手中汲取些許力量，而她也緊緊抓著他，都將他的手抓到破皮了。

「好痛……阿倫……好痛……」

沈若菲抓著張仲倫的手，不停大叫著，而醫生無暇顧及兩個的互動，只是專心應付那個出不來的洞口。

十七歲的沈若菲有著白皙的皮膚、精緻的臉蛋，黑溜溜的眼珠骨碌碌地打轉，燦爛如花的笑靨，整個人宛如發光的精靈，讓她在學校廣受歡迎，也因此，帶來了不幸……

「啊——」

「孩子出不來，她的骨盆太窄了。」醫生臉色相當難看。

「求求你，醫生，一定要救救她，不論要花多少錢都沒有關係，拜託你救救她……」張仲倫衝了上去，他已經開始工作了，矯健的身手及靈活的身段，已經讓他在電視臺有了工作，武俠劇當道的現在，很多人找他當替身。

「不是錢的問題……」

「拜託你，救救她……」他幾乎要跪到地上了。

「這個……」

「張仲倫，你給我出來！」

沈廣義衝進醫院，大吼大叫，小小的醫院並沒有多少人，很快就讓他找到位於待產室的張仲倫，還有他的女兒。

見到女兒大著肚子，臉色發白，呼吸困難，滿臉淌著汗水，沈廣義臉色大變。

「沈伯伯……」見到沈若菲的父親，張仲倫實在不知道該怎麼開口。

「你這個混帳！王八蛋！」顧不得是在醫院，沈廣義衝動地對著張仲倫的臉就是一拳，張仲倫很快倒地，嘴裡吐出血來。

「爸……」沈若菲看著倒在地上的張仲倫，掙扎著坐了起來。

「我跟你父親是好朋友，我還以為你是個好孩子，沒想到你竟然幹出這種事來？啊？都是你！竟然讓我女兒大肚子！我不打死你這個混帳怎麼行？」沈廣義抓起張仲倫的領子，又是重重一拳。

他的舉動讓在場的人都尖叫了起來，醫生和護理師連忙上前將他架開。

「老伯伯，你不能這樣！」

「這裡是醫院！」

「快住手！」

被打到縮在地上的張仲倫，他不能還手，只能看著沈若菲。他的委屈她懂，可是她不能說、不能說……她朝他搖搖頭，他收到訊息了……

被架住的沈廣義喘著氣，恨不得將這個搞大他女兒肚子的傢伙打死。

「不要抓我，我要把這傢伙打死！」

「老伯伯，您女兒現在正準備生產，您這樣子會吵到她的！」旁邊一名資深護理師抓著他的手，提醒他現在的狀況。

「我要打死這個小兔崽子！」沈廣義不肯放棄，動手就要打人，眼見張仲倫為她受這麼多委屈，沈若菲忍著痛，勉強從病床上爬起來。

「爸，求求你不要這樣，不要……」她倏然跌了下來，雙膝倒地。

「沈小姐！」

在場的醫護人員全都衝過去，張仲倫仍然倒在原地，但他聽到了，他聽到了——

「好痛……痛……啊——」這次的叫聲跟之前完全不同，那是一種撕心裂肺的、對恐懼的呼喚，他突然害怕起來。

聽到女兒痛苦的聲音，沈廣義總算冷靜下來。而醫生見情況不對，連忙大喊：

「來不及了，馬上進產房。」

「是。」

「快點！」

「快一點……」

然後是一片混亂，沈若菲被推入產房，緊接著，孩子生下來了，不過，沈若菲也死了。纖細的她骨盆太小，生產的時候遇上血崩，性命攸關，最後在血液流盡之前過世了。

面對愛女的死亡，沈廣義在醫院哀嚎崩潰，對著張仲倫出氣。

而張仲倫站在牆邊，不管沈廣義怎麼揍他，拳頭落在哪裡，他都不覺得痛，他的視線逐漸模糊、模糊，他只知道，他生命的光芒，在那時候，全都消失、熄滅……

他的身體越來越冷，畫面越來越遠。

還有些事情，不能說……不能說喔！

噓……

拜託你了，阿倫。

這是沈若菲最後的遺言。

※　※　※

張仲倫醒了過來，感到身體發冷，背後全是冷汗。轉頭看著躺在身邊的兒子，替他把被褥蓋好。

辰辰的五官，其實是有點像若菲的。

他伸出手，在辰辰的臉上輕輕撫了撫，辰辰的嘴巴動了動，繼續熟睡，並且把身體靠近他。

他輕輕逸出嘆息，也許，自己是有些下意識逃離他的吧？這樣對辰辰不公平，他知道，但——他又何嘗被公平對待過？

一直以為，生命就是如此了，他的人生，平板而僵硬，完全沒有溫度，但心頭某個部分，似乎開始溫暖，並且逐漸發燙……

好暖和啊……為什麼呢？

溫暖的感覺像是太陽……不會熾熱得讓人難以忍受，暖暖地熨貼在胸口，將溫柔滲入他的心田，就像是夕陽的光芒……

那道光芒裡，似乎有個影子？

那個影子，逐漸放大，黑暗中的身體，轉而清晰透明。他看不到她的臉，或者該說——他不敢看，也沒資格看，但是那抹溫暖的笑容，卻不由自主地占據心頭……

徹夜未眠，張仲倫一大早就起身，不想驚擾家人，他準備出門買早餐。

簡單梳洗過後，他走出了家門，沒有幾步就察覺不對勁——有人！有人躲在附近！

他臉色一沉，偏偏在這個時候？母親和辰辰都在家裡的時候。

他的腳步加快，想要轉移後頭狗仔的目標，不讓他們注意到家裡，沒想到卻有個想要搶獨家新聞的年輕人，拿著照相機直接站到他面前，打開身上的錄音機，對著張仲倫發問：

「張仲倫，請問一下，聽說你已經有了小孩子，是不是？」

張仲倫怔了一下，而後頭的狗仔見有人想要搶獨家，紛紛冒了出來，圍聚在他身邊。

「先前有傳言，聽說你已經結婚了是不是？」

「你有小孩嗎？小孩幾歲了？」

「為什麼之前都沒聽你提過呢？」

剎那間，一堆鎂光燈在他面前猛拍，張仲倫心下不妙，只是用手擋住鏡頭，沉聲道：

「請你們離開。」

「請你回答問題。」

「可以讓我們訪問一下嗎？張仲倫！」

該來的還是來了，他的心頭一凜，只得先退回家中，再找陳曜來解決。未料，他才剛到門口，門就被打開了。

「爸爸，我找不到你……」剛睡醒沒有看到張仲倫的辰辰，邊揉著眼睛邊道。他是被外面的聲音吵醒的，沒想到門打開後，除了張仲倫以外，他的後頭還有一堆人。

辰辰呆站在原處，而見到有小孩的媒體更是興奮，猶如聞到血味的狼犬，猛按著他們手中的快門。

「你出來幹什麼？」張仲倫驚怒之餘，將辰辰推了進去。

辰辰完全不知道發生了什麼事，他只知道好多人，他們一直拍他，隱隱約約，他也知道事情不妙。

「爸爸！」他叫了起來。

爸爸？

這聲爸爸可是震驚了所有記者先生女士，眾人圍了上去，像餓了許久的野獸，想要將眼前怯生生的獵物生吞活剝。鎂光燈不斷閃爍，發問匯聚成聲浪，將他們困在其中，而張仲倫能回應他們的，只有一個巨大的關門聲——

砰！

※　※　※

「這是……這是……」

黎貝嘉拿著雜誌，不敢置信，桌上還有她買來的各家報紙、週刊，甚至連新聞都反覆重播張仲倫重重關上大門，還有他的懷裡緊緊抱著辰辰的那一幕。

「真的耶！張仲倫有小孩耶！」

「上次的傳聞不是假的，是真的！」

「好驚訝喔！他不是才三十多歲？小孩子就這麼大了？」旁邊有人在推算年紀，並且叫了起來：

「那他不是很年輕的時候就當了爸爸？」

錄完影後，同場的藝人不但沒有離開的意思，反而全部聚在休息室裡嘰嘰喳喳的聊天。

黎貝嘉臉色難看地看著其他人，想要叫他們閉嘴，但是這次她沒有再站出來，因為所有的照片都照得那麼清楚，想要否認是不可能的，更何況，姚君翔的話在她耳邊迴旋……

……沒錯，一直有傳言說張仲倫結了婚，甚至有小孩……但我可以肯定的是，張仲倫絕對沒有結婚，我甚至聽過，那個可憐的孩子沒有媽之類的話……

天啊！事情到底是怎麼回事？

「貝嘉，妳還好吧？」艾茉莉擔憂地看著她。

「我……我想去找他。」黎貝嘉吐出這句話。

「妳見不到他的。」

「為什麼？」黎貝嘉把頭抬起來。

「因為……因為……要怎麼說？因為……」

「現在他的身邊，一定有很多記者，妳去的話也沒用，妳到了那邊，只會讓他們拍妳吧？」在旁邊陪伴艾茉莉的孟庭威幫艾茉莉把未完的話講完，他了解茉莉想要表達的意思，不過有時候會辭不達意。

自從他在「藍色天使」慶功宴會上表示他即將追求艾茉莉之後，常常可以在後臺看到他的蹤影。

「可是……我想去看看他。」黎貝嘉相當擔心。

「妳去了也沒什麼用，只會讓妳成為焦點。」孟庭威再度提醒她。在演藝圈這麼多年，他很清楚記者的思維。

「可是……」

「貝嘉，妳就不要去嘛！去了只是麻煩而已。」艾茉莉勸著。

「不行，我得去陪他……」

「貝嘉！」

「我先走了。」黎貝嘉先行離開。

「庭威，怎麼辦？你幫幫她嘛！庭威……」艾茉莉拉著孟庭威要求，孟庭威也無可奈何。

※　※　※

「陳曜，你馬上給我過來！」

張仲倫站在客廳裡大吼，他情緒激動，無法恢復鎮靜，從緊閉的窗廉望去，他可以知道外頭現在有數十雙狗仔的眼睛正盯著他們。

「奶奶……」辰辰窩在奶奶的懷裡，十分不安。

「乖，辰辰乖，沒事沒事，爸爸會處理好，沒事。」張母不斷安慰辰辰，將他摟得緊緊的。

意識到自己嚇到了小孩，張仲倫放低了音量：

「到底還要多久？」

「再半個鐘頭就到了。」陳曜的聲音從另外一頭傳了過來。

「你快一點！」

「我現在在高速公路上，時速一百一，這樣還不夠快嗎？」旁邊一輛沙石車經過，嚇了陳曜一跳，繼續用耳機講電話：

「倒是你，竟然讓他們發現，你也太大意了……不過也不能怪你，剛剛我接到雜誌社的人來電說，有人到他們公司裡賣消息。」陳曜將他得到的情報提供出來。

「是誰？」

「銅鑼仔。」

是他？張仲倫一愣，是為了上次的事嗎？原來上次他跟他接觸，就已經居心叵測了。

陳曜的聲音傳了過來：

「銅鑼仔欠下一大筆債，被黑道追著跑，他賣這個消息，是想去填洞吧？不過那是怎麼填也填不完的……不講他了，我等一下就到，你要怎麼做？」

「你來過我家，應該知道我家的車庫有兩扇門吧？」

「嗯。」

當初張仲倫買房子的時候，就特別在車庫後方多開了一扇門，可以通到後面的巷子，這樣不管從哪邊進出，都十分方便。

「這樣你了解了吧？」

「知道了。」

陳曜掛了電話，到了張仲倫家，車子都還沒停妥，記者們察覺有動靜，紛紛轉過身來，見到是張仲倫的經紀人，都衝了過來。

「請問張仲倫還在屋內嗎？你是來看他的嗎？」

「屋子裡有小孩，是張仲倫的嗎？」

「你跟張仲倫聯絡過了嗎？你們談了些什麼？」

陳曜避而不答，拿著鑰匙進到了屋內，將大門關上。幸好法律還沒有允許狗仔可以隨意進出他人住宅，要不然他們恐怕早已撲了進來，等著將獵物撕裂。

「準備好了嗎？」陳曜並不想拖太久。

「好了。」張仲倫將他的車鑰匙丟給他。

「那我們走吧！」

※　　※　　※

張仲倫打開大門，鎂光燈立刻撲了過來，像是野獸的眼睛，正準備張開血盆大口將他吞噬。

「出來了！」

「張仲倫出來了！」

主角現身了！眾人更加興奮，全都跑到他面前，甚至將他背後的路都擋住了。鎂光燈、照相機、攝影機……不斷地往他臉上打，企圖從他臉上拍出點端倪。

「張仲倫，請你講點話好嗎？」

「照片上的真的是你的小孩嗎？」有人將週刊的首頁遞給他看，張仲倫視若無睹，逕自向前走。

「張仲倫，你要給我們一點交代。」有記者不耐煩地叫道。倏然一道銳利陰狠的目光投了過去，嚇得那個記者不敢吭聲。

張仲倫始終沉默不語，拿著陳曜的車鑰匙，朝他的車子前進。

發覺到他的意圖，眾人頓時驚慌失措，被他溜走的話還得了？這是多麼大條的新聞！已經上頭版好幾天了，要是讓主角跑掉，他們還有什麼戲可唱？於是紛紛圍在陳曜的車子旁邊。

已經進了陳曜的車子，張仲倫將車窗關了起來，封閉他的耳朵。

陳曜應該已經駕著他的車子，從車庫的另外一頭把母親和辰辰送出去了吧？

張仲倫在心中算著時間，然後慢慢將車子往前駛離。

記者們怎麼可能放過他，有的甚至相當誇張，直接趴在引擎蓋上阻止他，他哪裡也去不了。

眼前像是一齣鬧劇，而他卻是鬧劇的主角，這一切……什麼時候才可以平靜？

他需要一點力量，一點點就好，誰可以幫幫他……

第八章

第九章

「他在哪裡？」

「妳小聲一點啦！不要被其他人發現啦！」姚君翔將食指放在嘴唇上，轉頭對黎貝嘉示意噤聲。

「快點啦！」

「知道了啦！」姚君翔哀怨地道，回過頭來嘆了口氣。將黎貝嘉偷渡到片場中，被導演發現的話，搞不好會大發雷霆。

目前他所拍攝的偶像劇，正是由張仲倫所主導的，所以悲慘的他，就被黎貝嘉逮到，要他幫她偷渡進來，姚君翔無可奈何，只好答應帶她進來。

沒辦法，誰叫他在成功追到戴碧之前，還得先靠她呢？

他們今天是在S臺開拍，姚君翔將車子停在地下室後，帶著黎貝嘉進入棚內。

棚內搭起了女主角屋內的場景，而女主角和其他演員正在練習走位，見到姚君翔帶著黎貝嘉進來，不禁奇怪地望著他們。

「我帶妳進來了喔！等一下他問妳怎麼進來的？不要提到我喔！」姚君翔吩咐著。

「知道了啦！」

任務解決了之後，姚君翔立刻離開黎貝嘉，跑進場內，假裝她跟他沒關係。

而黎貝嘉在現場，看著攝影師在調鏡頭，道具組正在搬東西，還有幾個演員在背臺詞，裡頭的工作人員看到了她，奇怪地多望了她一眼，她是這部戲裡的演員嗎？

而在角落看著劇本的張仲倫感到現場的氣氛不太一樣，眾人開始騷動，他抬起頭來。

他看到了她。

又來了，那種感覺又來了……暖暖的、柔柔的……如同光芒溫柔地撥開那層迷霧，接觸到他的心靈，輕柔得像是愛撫……

他突然刺痛了起來，為什麼她帶給他的感覺那麼鮮明？

黎貝嘉看到了他，朝他走了過來。

「妳來做什麼？」

「我……我來看你。」

「妳過來這裡來做什麼？妳並不是這部戲的工作人員。」他冷淡地道，語氣中有著凌厲。

不能把姚君翔洩露出去，黎貝嘉吞了口唾液，說道：

「我來，只是想看看你好不好，還有……還有……你有小孩子的事，不是我說出去的。」她扭絞著手指頭，害怕他誤會是她洩露出去的，而她什麼都沒有做。

張仲倫眼神沒有溫度，他漠然地看著她。

「我知道。」他淡淡道。

「你知道？」黎貝嘉感到相當詫異，她這幾天相當煩惱會被他誤會，沒想到他都知道？既然如此，黎貝嘉連忙表示：

「那就好，如果……如果你有什麼需要，我……我可以幫你。」她知道自己或許沒那個力量，但她的心意，卻比力量還要龐大。

「幫忙？妳怎麼會這麼想？」張仲倫瞇起眼看著這個不自量力的女孩。

「我……我只是想……想……可以為你做些什麼，你幫了我那麼多，所以我想……我也可以幫幫你。」黎貝嘉講得吞吞吐吐，扭捏不安，雙手十指不斷地絞動，幾乎快把指頭折斷了。

「妳先幫幫妳自己吧！跟我在一起的話，妳會很麻煩。」現在不只是在家裡，還有電視臺外面也是，他只要一出去，就會有狗仔跟上來。

他真的很累，又無力抗拒這一切。

「不、不會！」她叫了起來，又快又急。

張仲倫睨著她，就算她像顆發光的球，能夠用溫柔撫平他的心，能夠將溫暖傳遞給他，但是……他不需要，也沒資格要。

「別說傻話了，妳不該過來的。」

「仲倫……」

「妳沒資格叫我的名字，妳根本不該過來的，實話實說，妳不該跟我有任何關係。」他的聲音突然淩厲起來，對於黎貝嘉能夠滲入他的心房感到吃驚，他像是摸到一顆燙手山芋，急忙甩開。

「你……你怎麼可以這麼說？」黎貝嘉捂著嘴巴，不敢置信他怎麼這麼狠心。

「難不成妳對我有什麼期待？」他的聲音憤怒起來。

「我……我……」她退後一步。

「妳犯了個很嚴重的錯誤，就是在這種時候竟然還敢跟我講話！妳不知道這樣會替妳帶來麻煩嗎？識相點的話就趕快走開。」他的聲音冰冷，不再像以前一樣斯文優雅，黎貝嘉驚愕地看著他的變化。

「我……我……」

「我不知道妳怎麼進來的，不過我希望妳快點離開。」

他的冰冷、他的絕情，都令她驚愕，不，他不該是這樣的！那不是他！

她知道的張仲倫，是斯文有禮的，是沉穩內斂的，他的情緒不易展露，他永遠維持良好的風範，他他他……他不是這樣……不是這樣……

黎貝嘉的心在狂跳著，對他的變化感到驚駭。

張仲倫沒有理會，僅僅瞧了她一眼，隨後站了起來，將情緒發洩在工作上。

「好了，準備開拍了！」

※　※　※

今天拍片現場籠罩著一股詭譎的氣氛，雖然工作人員沒有說破，導演也一如往常認真，但很明顯的，自從棚內來了個不是劇組的成員後，氣氛很明顯地改變了。

說穿了，都跟那個站在角落的少女有關。

「好，今天就拍到這裡，準備放飯。」張仲倫一聲令下，讓製作人照顧這些餓壞了的員工，而他則收拾著東西。「小鄭，這裡交給你了。」說完便往外頭走去。

「呃……啊？好……」副導演愕然地看著離去的張仲倫，他不是每次都留到最後才回去的嗎？今天怎麼不一樣？

一定跟她有關，沒錯。小鄭往角落望去，站在角落的少女已經不見了，她正跟著張仲倫離開現場。

而其他人聚在一起嘰嘰喳喳，討論著導演的變化。

張仲倫大步往外離開，他的東西簡單，到了停車場，往後車廂一塞，再回到前座——赫然見到旁邊有人。

「妳怎麼上來了？」張仲倫驚訝地看著她。

「你這樣子……我很擔心……」黎貝嘉怯怯地道，但仍鼓足了勇氣，跟著他上車。

「沒有什麼好擔心的，妳還是下去吧！」

「不要！我要跟著你！」

「不要以為吃了一頓飯之後，就可以跟著我，妳太天真了。」張仲倫手握著排檔，冷冷地道。

他的語氣冰冷，他在生氣……她知道他在生氣，猶如準備破地表而出的火山，但是……為什麼呢？自己真的那麼討人厭嗎？黎貝嘉難過極了。

「張仲倫……」

「妳要去哪裡？」

「啊？」

「妳要去哪裡，我可以送妳去。」張仲倫不想再跟她繼續糾纏下去，再這樣下去，自己都不像自己了。他不知道自己原來可以這麼激動，他以為他心如止水，已經沒有波濤了，現在卻有了變化……

「你不要這樣子……」他拒人於千里之外的模樣，讓她好難過。

「要不然妳希望怎麼做？妳認為我該怎麼做？妳告訴我啊！」多日來的疲憊已經讓他失去耐性，於是朝著黎貝嘉大吼起來。

「張仲倫……」

她的眼角含著淚水……混帳！他怎麼能夠這樣？張仲倫咒罵自己一聲，那淚水如同烙鐵般灼疼了他的心，他心煩意亂。

「該死！」

「啊？」黎貝嘉把頭抬了起來，這是她第一次，也是頭一回聽到他爆粗口，怎麼會……

車子突然迅速往前駛去，離開停車場，而後頭似乎也傳來引擎發動的聲音……

「怎麼了？怎麼了？」黎貝嘉嚇了一跳，不解地看著他。

「我們被跟蹤了。」

「什麼？怎麼會……」黎貝嘉往後望去，後頭真的有一輛旅行車，正緊緊跟著他們。「你怎麼知道？」

張仲倫指了指外頭的後視鏡，黎貝嘉恍然大悟。

一定是他們鬼祟的樣子被張仲倫看到，所以他才會發現，並迅速離去。但是他們被拍到了嗎？黎貝嘉緊張地看著後面，他們還緊緊跟隨著。

「怎麼辦？」她擔心起來。

「我不是說過不要跟著我嗎？」張仲倫責備的意思相當濃厚，臉上也呈現不悅，黎貝嘉感到委屈。

「我不是故意給你添麻煩的……」

「現在說這沒有用。」張仲倫沒有理會她，專心地開車。由於天色已晚，路上車子增多，他們逃走困難，不過後方的狗仔車也一樣被困住。

「對不起……」

前方正在切換黃燈，張仲倫將車子緩緩停了下來，而他赫然發現，後面的旅行車竟然趁這時候，開到公車專用道，準備駛到他們身邊來。

一旦她曝光之後，連帶他的過去也會被挖出來，還有一切的一切……

未待紅燈亮起，他立刻向前駛去，黎貝嘉被這突來的動作嚇了一跳，整個身體直直往前傾。

「啊！」

「不要叫！」

他已經夠煩了，沒有空再應付她。

黎貝嘉趕緊閉嘴，緊緊抓著上面的把手，整個人縮在位置上，驚恐地看著這突如其來的加速，她不知道接下來還會發生什麼狀況。

「妳給我坐好！」看到她手腳全縮在座位上，相當危險，張仲倫忍不住暴吼。

「喔喔！」她趕快正襟危坐。

「把妳的安全帶扣好。」斜眼發現她正處於危險狀態，張仲倫連忙吩咐，黎貝嘉趕緊把她右後方的安全帶拉了過來，卻因為過於緊張，怎麼也扣不上扣環。

「這怎麼扣……」她低頭驚呼。

「快一點！」

「好、好……我好了……啊，你的……」

眼看後頭的旅行車就要飆了過來，前方紅燈又比預計的時間更快亮起，根本來不及踩煞車，車子就這樣直直闖了過去，而右前方也有一輛汽車迫不及待準備過關，硬生生攔在他們前面……

見到車子迎面而來，黎貝嘉根本來不及反應，只是叫了起來。

「啊——」

來不及了！

雖然及時踩住煞車，但兩輛車還是撞在一起，衝擊力讓坐在前座的駕駛員往前衝，擋風玻璃立刻裂成蜘蛛網狀，血液掛在網上，在陽光下閃閃發光，四周響起驚恐聲……

天地開始旋轉……

※　※　※

阿倫，拜託你……不要說出去……拜託……

若菲？

拜託你假裝是這孩子的父親……我沒有辦法告訴大家，我被強暴了……拜託……

妳要我怎麼幫妳？……

只要假裝你是孩子的父親就好了，好不好？求求你……拜託……求求你，我求求你……

若菲……

不要說出去，誰都不可以說，連我爸也不可以說，好不好？孩子已經太大，沒有辦法拿掉了，我拜託你，拜託……

好……好，我知道了……

拜託你了，阿倫。

※　※　※

醫院裡人來人往，醫生、護理師在急診室進進出出，此刻更加忙碌，而黎貝嘉呆滯地坐在椅子上，直到柏雅聞訊趕來，找到了她。

「貝嘉，怎麼樣？妳沒事吧？貝嘉？」柏雅連忙呼喚。

黎貝嘉逐漸恢復心神，轉頭看見柏雅，眸子稍稍有了精神，隨即哇的一聲哭了出來。

「柏雅姐！柏雅姐……」她抱住了她。

「沒事了、沒事了，別哭……沒事了。」看到黎貝嘉除了臉上的擦傷和手臂包紮的部分，並無生命大礙，她放心多了。

「張仲倫他……他……」她說不出話來。

「他怎麼了？」

「他還在手術室裡，沒有出來。」黎貝嘉淚流滿面，對狗仔恨之入骨，而那群人還守在外面。

或許是基於愧疚，那些人站在外頭，沒有進來，不過他們還是會做他們的工作。也就是說，不用等到明天，晚間新聞很快就會把這件事情傳出去。

「還在手術室？」柏雅看到手術室上面的紅燈正亮著。

「怎麼辦？柏雅姐，我好怕……我好怕……」黎貝嘉不斷哭哭啼啼，她完全亂了方寸。

「不怕，沒事的，不怕。」平時對工作一板一眼的柏雅，在面對黎貝嘉的脆弱時，也只能給予安慰。

「我好怕他會死掉……」

「不會的，不會有事的，現在醫學那麼發達，不會有事的。」柏雅拍了拍她的肩。

「可……可是……」

「沒事的，沒事。」

※　※　※

這孩子是你的責任，你要負責！

我……

你還年輕，你說，你要怎麼養他？這是你跟若菲的孩子，難不成你要把他丟掉嗎？

不是這樣的，沈伯伯。不是……

若菲死得好慘，如果不是你，她怎麼會死？你說話啊！啊？你給我說話！

對不起，沈伯伯……

說，這孩子你打算怎麼辦？

我……

說啊！

我……我知道了。

※　※　※

艾茉莉也趕了過來，和她的情人孟庭威從醫院的側門進來，避開一大堆媒體，進入醫院特地為他們準備的房間，來到了黎貝嘉的身邊，免得影響其他的病患。

甚至連黎碩庭也聽到消息聞訊趕來，他的好哥兒們自然也不甘寂寞尾隨而至，一時之間，醫院內眾星雲集，卻沒有人快樂的起來。

「貝嘉，妳還好吧？」艾茉莉衝了過去。

「我沒事，可是……」說未說完，她的眼眶又湧起淚水。

「要不要捐血啊？我是O型血，什麼人都可以救，身體也很強壯喔！」翁瑞豪得意地挽起了袖子，露出他結實的臂膀。

「你啊！外強中乾啦！」范逸軒推開他，免得他不識相。

「我是好心耶！」翁瑞豪哇哇大叫起來。

「閉上你的嘴！」楊適臣拿出不知何時準備好的膠帶，將他的嘴巴黏了起來。

「唔……唔……」

即使眼前的情況混亂，依舊沒有引起黎貝嘉注意，她的雙眸凝著哀愁，望向不知名的遠方。

黎碩庭看著黎貝嘉這個樣子，心中不禁泛疼起來。

雖然他們兩個說話總是口無遮攔，有時意見不合還會上演全武行，但是……手足之間的情感，早就超越了這一切。

他走到她的身邊，低喚：

「貝嘉？」

黎貝嘉沒有反應。

「貝嘉，別這樣，妳這樣子，大家都會擔心的。」

「我……我……」面對大家的關懷，黎貝嘉無法言喻，只是抓著黎碩庭，不斷地哭泣著。

「很晚了，妳先回去休息吧！我帶妳回去……」

「不要！我要留在這裡！」黎貝嘉叫了起來。

「妳待在這裡也沒有用！」

「我要留在這裡陪他，我要他一醒來就可以看到我，我……我不要離開他身邊，我不要……」彷彿她只要離開，就再也看不到他了。

「妳不回去的話，家裡人會擔心的。」

「你幫我回去跟他們講，我要留在這裡，在他沒有出來之前，我不會回去的。」

她很堅持。

黎碩庭朝柏雅望了一眼，搖了搖頭。

她的固執，他早就領教過了，要不是這麼固執，她怎麼會為了張仲倫進到演藝圈？要不是固執，怎會愛得這麼慘烈？她的執著，任何人都無法動搖，除了那個人以外。

而那個人，還在手術室裡頭。

第九章

第十章

想要從過去逃走，卻是另外一個惡夢的開始，那個承諾束縛了他的一生，真的沒辦法改變嗎？

什麼時候，他可以喘息一下？

阿倫，拜託，誰都不可以說……

若菲……

拜託……

從冷汗當中驚醒，張仲倫發現自己躺在……醫院？他怎麼會……對了，他想起來了，那她呢……

張仲倫掙扎著坐了起來，胸口好痛……他喘息了一下，見到旁邊有個人。

是她？

她躺在家屬休息的躺椅上，上面蓋著薄薄的被子，整個人蜷縮成一圈，臉上似乎還帶著愁容，為什麼呢？即使如此，她整個人仍然像個發光體，吸引著他的目光，讓他不忍移視。

看來她沒有事，沒事就好。

試著移動身體，卻發現全身痠痛，尤其是胸部的部分，更是一動就痛，這種經驗以前有過……是肋骨斷了嗎？他悶哼了一聲，門外傳來：

「阿倫，你怎麼起來了？」

「媽？妳怎麼過來了？」見到母親，張仲倫相當驚訝，他不是已經要陳曜送他們回去了嗎？怎麼她又過來了？

「你出了這麼大的事，我能不來嗎？不要亂動，快躺好！」張母上前將他扶回原本的位置。

「妳怎麼來的？」

「我叫陳先生帶我來的。」她指的是陳曜。

「那辰辰……」

「放心，他有人照顧，倒是你，變成這副樣子，你這孩子實在是……」張母看著他，嘆了口氣。

「媽……」

「怎麼樣？你現在還好吧？」

「嗯。」

見他還能說話，張母放心許多。

「對了，每次我來的時候，這個小姐都在這裡陪你，」張母壓低聲音，避免吵到正在熟睡的她，「如果你有意思的話，就趕快把她娶回家，不要擔心辰辰了。」

「媽，妳在胡說什麼？」張仲倫感到臉蛋發燙。

「不要讓辰辰耽誤你，你也應該交女朋友了，難不成你要一輩子都一個人嗎？你對若菲做的，已經夠多了。」

「媽，妳在說什麼？」張仲倫低喊起來。

「啊……」察覺到自己說錯什麼，張母瞄了一下還在睡覺的黎貝嘉，繼續說道：

「就……你是我生的，我怎麼樣也不相信你會做出那種事，再加上辰辰接回來以後，他越大，我就越覺得他跟你不像，所以就偷偷去做那個叫什麼親子鑑定的……」

「媽！」張仲倫驚怒地看著她，一時之間扯動胸口，他呼吸困難，連忙調整氣息才好轉。

「你不要生氣，我知道你喜歡若菲，對她也很好，但是孩子不是你的，她也已經死那麼久了，你幫她養這麼久，夠了。」

張仲倫不語，張母嘆了一口氣：

「辰辰這孩子也很乖，我很喜歡，我還是把他當作自己孫子看，倒是你……也該替自己想想了。」

張仲倫完全沒想到，母親……竟然早就知道了。

心中百感交集，胸口像是堆塞著長久的淤積，一時無法暢通，但對於有人能夠明白他的處境，那重量，倒也消減了些……

「不要跟辰辰講。」

「我知道。」

※　　※　　※

不是只有他一個人知道……母親也知道？

長久以來，那承諾一直不斷捆綁著他，不是他不願意照顧若菲的小孩，而是……那已經沉重得叫他透不過氣來。

阿倫，拜託你……不要說出去……

拜託你假裝是這孩子的父親……我沒有辦法告訴大家，我被強暴了……拜託……

只要假裝你是孩子的父親就好了，好不好？求求你……拜託……求求你，我求求你……

不要說出去，誰都不可以說，連我爸也不可以說，好不好？孩子已經太大，沒有辦法拿掉了，我拜託你，拜託……

拜託你了，阿倫。

他還記得那天若菲哭哭啼啼地找上他，他有多麼憤怒及震驚，而當若菲要求他謊稱辰辰是他的孩子，他更是為難。

對一個未成年的男孩子來說，這是多麼沉重的負擔！然而在若菲的淚眼攻勢之下，他屈服了，答應了。

然後，他的人生開始被綁住了。

為了若菲，他付出他的一切，為了撫養辰辰，為了給沈廣義一個交代，他將辰辰交給母親，拚命賺錢，並踏入演藝圈，迅速累積他的知名度。

但……那又如何？他的人生依舊是被束縛的。

他沒有辦法呼吸，他沒有辦法喘息，只能像個滾輪，不斷地在黑暗裡前進，不知道什麼時候才會結束。

直到剛剛……他覺得他稍稍可以呼吸了。

那麼……他可以追求他的幸福嗎？看著躺在身邊的黎貝嘉，張仲倫怔怔地望著她，那張嬌顏，即使在睡夢中，仍然像個發光體，不斷吸引他的目光。

貪看她的容顏，他緩緩下了床。

貝嘉……

抑制不住渴望，他抬起手，朝她伸過去……可以碰嗎？她會不會醒來？只要一下下就好……一下下就好……

手在即將觸到她的臉龐時，黎貝嘉眨了眨眼，醒了過來。

啊！

張仲倫想要離開，她已經完全醒來，張開眼睛注視著他，他躲避不及，和她的視線就這麼硬生生對上——

「你醒來了啊？」看到他下床，黎貝嘉又驚又喜。

發現自己做的蠢事被她發現，張仲倫面紅耳赤，臉上像要冒出煙來，後退了一步，撞到病床。

「啊！」他輕叫一聲。

「怎麼了？」掀開薄被，黎貝嘉跳了起來，動作迅速地跑到他身邊，扶著他坐了下來，「你的肋骨斷了兩根，身體還有傷，不要亂動。」

果然，如他所測。

「妳呢？」他詢問著。

「什麼？」

「妳還……還好吧？」簡單的話張仲倫卻說得有些困難，想要主動釋放情感，卻有些力不從心。

「我？我沒事，我好得很，倒是你，前兩天一直都在昏迷狀況，醫生說你沒事，可是你都沒醒，我還以為……」甩甩頭，將那些不吉利的想法甩去，「還好你醒來了，這下我放心多了。」

「這樣啊！妳沒事就好……」

是她眼花了嗎？怎麼覺得他的眼神有些不同？黎貝嘉遲疑地看著他，擔憂地道：

「你還有哪邊不舒服嗎？」

「沒有啊！」

「那你有沒有想喝什麼？或是吃什麼？」在他昏迷的這幾天，都未進食，靠的是靜脈注射營養溶液。

「我……我想問妳……」

「嗯？」

「妳曾經說過，妳是因為我的原因，所以才進到演藝圈來，為什麼？」

「啊？」

張仲倫突然這樣一問，黎貝嘉愣了一下，沒想到他會提出這個問題。

「就……就是那樣子啊！」

她的答案並不能讓他滿意，張仲倫追問：

「妳跟平常的影迷不一樣，妳沒有守在電視前面，妳不只是看著我的演出，妳還進到演藝圈來，為什麼？」

「就……就……」這下黎貝嘉也不知道該怎麼回答了。

她只覺得臉好熱、好熱，想必一定也很紅吧？摸著自己滾燙的臉頰，黎貝嘉企圖以手掌的溫度消弭炙燙的體溫，卻連手掌也被燙熟了。

他的眼眸相當灼亮，像是剔除了雜質，通透地看著她，黎貝嘉被他看得心慌意亂，連忙別過臉去。

「就是想進來啊！」她小小聲地講。

「嗯？」

「我……我喜歡你嘛！我……我想跟你面對面，我……我想跟你說說話，我……

我想待在你身邊。」以一個影迷的身分嗎？不，她要的更多，她要的不只這些。

「過來。」

「唔？」黎貝嘉受寵若驚，順從地走到他身邊。

「妳還是這麼想嗎？」

「對啊！」她拚命點頭。

張仲倫笑了起來，他笑得那麼愉悅，那麼開懷，黎貝嘉看呆了，她從來沒有看過張仲倫這樣笑過，那是一種毫無負擔、發自內心的笑容，不像他以前都帶著憂鬱的氣息，是她看錯了嗎？

「妳……很可愛。」

可愛？他說她可愛？他在稱讚她？不會吧……黎貝嘉雙腿虛軟，不確定自己還能不能站著，她的手撐在病床上，這個角度剛好能俯看著他，也讓他看到她的表情。

啊啊……氣氛怎麼變得好奇怪？空氣又開始沸騰了……

有股無形的力量牽著她，朝他走過去，而他沒有動彈，只是看著她朝他前進，然後，在他面前幾吋停了下來。

轟隆轟隆……她的心跳聲好大……蓋過所有的聲音……

接下來的狀況，讓她失去了所有的知覺，因為張仲倫按著她的頭，朝他靠近，讓她能夠輕易接觸他……的唇……

他們……接吻了？

所有的意識全被焚燒，只剩下唇瓣的滋味，彷彿被投到了愛情之火裡，她愉快地旋轉、飛舞，讓火焰燒得她全身綻放，和火熱融合在一起，盡情地揮灑愛情……

※　※　※

張仲倫的事件引起了演藝圈對媒體的撻伐，對於狗仔追著他跑導致他出車禍的事情，演藝圈提出嚴重的抗議，包括演藝公會理事長都出面痛斥，而陳曜也不排除尋求司法途徑，要為張仲倫討回公道。

《紅豆情人》一戲則因換人執導，所接洽的一些戲劇遭到停擺，損失不可謂不大，不過本人卻好像沒什麼感覺，

怎麼說呢？因為娛樂版上，出現了有女子夜宿他家中的消息……

這個傢伙……竟然敢誘拐黎貝嘉？黎碩庭將報紙撕個粉碎，他一定要找黎貝嘉問個清楚。

到了黎貝嘉房前，黎碩庭隱隱約約聽到裡頭有聲音，而且似乎還有……男人？不

會吧？她不但夜宿他家中？現在連男人都帶了回來？黎碩庭開始抓狂，他失控地衝了進去——

「黎貝嘉，妳給我出來！」

「做什麼叫那麼大聲？」黎貝嘉將外套穿上，扣好前面的扣子，黎碩庭看了更加生氣，他一把抓住她的手。

「妳竟然把男人帶回來？」

「男人？」

「要不然妳現在在做什麼……」一轉眼，黎碩庭看到坐在床上的小男孩，正瞪大眼睛看著他。「呃……這位是……」

「黎碩庭？你是黎碩庭嗎？你長得好帥！我好喜歡你喔！我們班上有好多女生也都喜歡你喔！」辰辰看到黎碩庭時，眼睛都亮了起來，他跳了起來，跑到黎碩庭的身邊，對他露出崇拜的眼神。

「唔……謝謝。」面對小孩子，就算有氣也很難發飆。他摸了摸辰辰的頭，轉頭問道：

「他是誰啊？」

「他是仲倫的兒子啊！報紙登得那麼大，你沒有看到嗎？」黎貝嘉將頭髮全梳了起來，在後面綁一撮馬尾。

「張仲倫的小孩？」黎碩庭整個被雷打到，原地石化。

「對啊！我現在要跟他去醫院接仲倫，你不要再吵了。」黎貝嘉牽起辰辰的手，帶著他走了出去。

張仲倫……的小孩？

也就是說……黎貝嘉年紀輕輕，就要當人家後母了？而且小孩子都這麼大了？出去的話，人家搞不好會以為是她年輕時偷生的……

不可能！不可能！不能發生這種事！

好不容易恢復過來，黎碩庭跑到樓下，對著黎貝嘉大吼：

「給我等一下！」他從樓梯上跳了下來，站在他們兩個面前，擋住了他們的去路。

「黎碩庭，你想幹什麼？」黎貝嘉橫眉豎眼地瞪著他。

「妳妳妳……妳有沒有搞錯！妳現在就要當人家晚娘了嗎？」黎碩庭口無遮攔道。

黎貝嘉雙手叉腰，連三七步都出來了。

「黎碩庭，你嘴巴給我放乾淨點！什麼晚娘？我有那麼惡劣嗎？」

「妳自己看。」黎碩庭指著玄關旁的連身鏡，黎貝嘉看到自己張牙舞爪的模樣，再看到辰辰驚恐的表情，趕緊縮了回來。

「你不要亂講話，會嚇到小孩的。」

「好，那我問妳。」黎碩庭深吸一口氣，瞄了辰辰一眼。「妳真的要跟張仲倫在一起嗎？他的小孩都這麼大了，妳……有把握嗎？」他指的是她的感情，黎貝嘉明白他的意思。

「辰辰很可愛，我也想跟仲倫在一起，就是這樣而已。」黎貝嘉穿好鞋子，準備出門。

「妳想得太簡單了。」

「有些事情，做就是了，想的話只會讓事情更複雜。況且，辰辰不管是誰的孩子，都很讓人疼愛。」她牽起辰辰的手，走出大門，而黎碩庭聽到這幾句話，不禁發怔起來。

陽光照在她的身上，迸發出細碎的光芒，在她的身上，有著勇氣與自信的美麗，還有永不妥協的決心。或許，她說的是對的。

貝嘉……好像真的長大了。

在醫院等待的不只是黎貝嘉，一些狗仔還圍繞在周圍。有鑑於先前撞車的事件，他們倒也不敢太猖狂，只是遠遠地等待著機會。

※　※　※

從復建室走出來，張仲倫就見到了黎貝嘉。

她還是他記憶中的模樣，身上承載著金色光芒，彷彿有無數隻陽光精靈在她身邊飛舞，然後淺笑盈盈地向他走了過來。

「有好一點了嗎？」她抱著他問，不敢太用力，免得碰到了他的傷口。

「嗯，怎麼只有妳一個人？辰辰呢？」他記得黎貝嘉說要帶辰辰過來，然後一起出去吃飯的。

「剛剛遇到你母親，她把他帶走了。」這一個多月她陪張仲倫過來復健，跟他的母親已經很熟悉了。

當然了，還有辰辰囉！

張仲倫明白母親的意思，她為了他，相當用心。這些年來也辛苦她了，既然如此，他就不要辜負她的用心，今天先順她的意吧！

「辰辰不在，妳有沒有想去哪裡？」本來兩個人想去速食店的，不過既然電燈泡

不在，倒可以去些不同的地方。

「沒有耶！跟你在一起，去哪裡都好。」

張仲倫心底暖洋洋的，她就像金色的球體，發光發熱，將他心中那陰鬱的城堡壓散碾碎，然後驅趕殆盡。

「辛苦妳了。」

「唔……不會啦！」黎貝嘉搖著頭。

「我知道委屈妳了，跟我在一起，妳沒有辦法像普通的女孩子一樣。」不論是他，或是辰辰，黎貝嘉都沒有辦法享受普通女人戀愛的感覺。

「沒關係，我不介意。」

「但是我在乎……」他希望她可以不用為他吃苦，不用為他受罪，他希望她可以快快樂樂的……但有些話，怎麼樣也說不出口，壓抑已經成為習慣，情感也不知道怎麼表達。

黎貝嘉伸手撫上他的臉，輕輕呢喃：

「跟你在一起，都不算是吃苦。」

「謝謝……」

黎貝嘉將手指堵上他的唇，有些話，她知道他說不出來，那就……做吧？她將他的頭拉了下來，將她的唇蓋上他的……

窗外的陽光落了進來，照在他們的身上，融進金色的陽光裡，也將純白的醫院灑得聖潔，彷彿天堂的聖殿，莊嚴非凡，同時從窗外飛進無數個拿著愛心弓箭的小天使，紛紛將箭矛對著他們——

他終於，得到了愛情。

電子書購買

國家圖書館出版品預行編目資料

私生 / 梅洛琳著 . -- 第一版 . -- 臺北市 : 崧燁文化事業有限公司 , 2022.08

面； 公分

POD 版

ISBN 978-626-332-639-2(平裝)

863.57　　111012034

私生

臉書

作　　者：梅洛琳

發 行 人：黃振庭

出 版 者：崧燁文化事業有限公司

發 行 者：崧燁文化事業有限公司

E-mail：sonbookservice@gmail.com

粉 絲 頁：https://www.facebook.com/sonbookss/

網　　址：https://sonbook.net/

地　　址：台北市中正區重慶南路一段六十一號八樓 815 室

Rm. 815, 8F., No.61, Sec. 1, Chongqing S. Rd., Zhongzheng Dist., Taipei City 100, Taiwan

電　　話：(02) 2370-3310　　傳　　真：(02) 2388-1990

印　　刷：京峯彩色印刷有限公司（京峰數位）

律師顧問：廣華律師事務所 張珮琦律師

定　　價：250 元

發行日期：2022 年 08 月第一版

◎本書以 POD 印製